Claire d'Orello

Les mots ont dansé dans son esprit depuis son plus jeune âge, transformés en poèmes, nouvelles, romans...

En 2017, elle s'est enfin décidée à publier un premier roman, *La Symphonie Inachevée*.

Après une carrière d'enseignante, elle s'est reconvertie, en 2020, dans l'activité d'Écrivain-Conseil®. Elle y accompagne ses clients dans tous leurs projets d'écriture, le plus souvent autobiographiques.

En parallèle, elle rédige de nouvelles œuvres, dont ce roman. Vous pourrez en découvrir quelques autres sur sa page d'autrice, au sein du réseau social culturel *Panodyssey*.

Esquives

© 2025 Claire d'Orello
Édition : BoD · Books on Demand,
31 avenue Saint-Rémy, 57600 Forbach,
bod@bod.fr

Impression : Libri Plureos GmbH,
Friedensallee 273, 22763 Hamburg (Allemagne)

ISBN : 978-2-3225-7315-8

Dépôt légal : juin 2025

Image de couverture créée avec l'IA et retouchée par l'autrice

Claire d'Orello

Esquives

Chapitre 1

Vincent Delonge entendit les cris, traversant le plafond, provenant des voisins du dessus. Il leva à peine la tête de son écran pour s'y replonger aussitôt. C'était chaque fois pareil. Comme une vague, qui enfle, gonfle, explose sur les rochers et retombe. On percevait la voix, plus aiguë, de la femme, les rugissements de l'homme. L'isolation phonique de l'immeuble empêchait de distinguer les paroles, et Vincent ne le souhaitait pas, ne désirant pas se mêler de la vie des autres. Il avait déjà bien assez de soucis avec la sienne.

Non, pas vraiment de soucis. Ingénieur dans une start-up en plein essor, spécialisée dans la création de sites de commerce en ligne, ce confinement ne menaçait pas son emploi, bien au contraire… Son appartement était confortable et bien situé, au calme, non loin du parc de Sceaux. Mais, depuis bientôt trois ans, c'était comme si un ressort s'était rompu en lui. Il s'abrutissait de travail pour ne plus penser. Lui qui aimait tant les joggings interminables dans le parc, l'escalade avec les copains dans la forêt de Fontainebleau, les expositions de peinture et les concerts classiques, ne trouvait plus goût à rien, et n'avait pas attendu le confinement pour se cloîtrer le plus souvent chez lui, absorbé par un livre ou par un écran. Parfois, sur exhortation de ses amis ou de sa sœur, il se laissait embarquer dans une journée de grimpe, une bambée à vélo, ou pour un séjour à la montagne. Mais depuis mi-mars et la proscription de tout cela, il ne mettait guère le nez dehors que pour sortir ses poubelles, et faire ses courses quand le frigo se révélait désespérément vide. À quoi bon tourner une heure dans un quartier qu'il connaissait par cœur, où manquait cruellement la verdure, jusqu'au parc, fermé, interdit, où il ne pourrait pénétrer ? À quoi bon tout, d'ailleurs, depuis que Laetitia l'avait quitté, après cinq ans qu'il avait crus idylliques ?

C'était la petite sœur de Thierry, un de ses amis grimpeurs. Celui-ci la lui avait présentée lors de sa fête d'anniversaire : une abondante chevelure brune qui tombait jusqu'à la taille, des yeux pétillants très sombres, un sourire ravageur… Il n'avait pas compris tout de suite son jeu de séduction. Depuis l'adolescence, ses coups de cœur restaient réprimés, ses conquêtes rares. Trop grand, trop maladroit dans les gestes et les mots, trop rêveur. Plus tard, trop accaparé par ses études et par les écrans. Il aimait sortir, tout de même, mais ses goûts ne correspondaient pas à ceux de ses condisciples. Qui se pâmait encore devant un concert de musique sacrée de Vivaldi ? Alors, cette Laetitia, tellement jolie, si jeune (ils avaient dix ans d'écart), si à la mode, si en phase avec son temps, que pouvait-elle bien lui trouver ? Mais elle l'avait accompagné toute la soirée, lui tournant la tête de ses œillades meurtrières, de ses propos légers et spirituels qui le faisaient rire, qui avaient brisé la glace, et l'avaient rendu gai et amusant, lui aussi, à son propre étonnement. Elle l'avait entraîné sur la piste de danse, où il n'avait pu s'empêcher de contempler ses formes gracieuses qui ondulaient au rythme de la musique. Au petit matin, il s'était entendu l'inviter, comme malgré lui, pour une sortie au cinéma. Il avait failli « se dégonfler » et ne pas y aller. Il était pourtant arrivé avec plus d'un quart d'heure d'avance devant la salle, et l'avait attendue en faisant les cent pas, persuadé qu'elle ne viendrait pas. Quand elle était apparue au coin de la rue, s'avançant de sa foulée gracile en souriant, son cœur s'était mis à battre follement et il s'était trouvé ridicule, à trente et un ans, avec ses émois d'adolescent. Il avait disposé des trois heures du *Hobbit* pour entourer ses épaules de son bras, mais il ne l'avait pas fait. Parfois, elle approchait sa charmante tête parfumée de son oreille pour lui chuchoter un commentaire, et il sentait une vague de désir le submerger. Mais il était resté de marbre. Tout comme pendant le dîner au restaurant qui avait suivi.

Il avait disserté sur cette adaptation cinématographique, pas vraiment fidèle, selon lui, au texte de Tolkien, avait développé la biographie de l'écrivain, avait raconté les longues soirées de ses seize ans, qu'il passait plongé dans les volumes du *Seigneur des anneaux*. Elle l'avait écouté, toujours douce et souriante, mais légèrement ennuyée, lui avait-il semblé. Il s'était maudit, certain d'avoir tout gâché. Quand il l'avait raccompagnée devant sa porte, il était persuadé de ne plus la revoir. Mais elle avait jeté ses bras autour de son cou sans crier gare, et, après un baiser langoureux, lui avait susurré : « Tu montes ? ». Un peu vieille France, Vincent en avait été presque choqué, mais trop enfiévré pour décliner l'invitation. Il ressentait encore des frissons à l'évocation de cette nuit paradisiaque, où, pour la première fois peut-être, en caressant ce corps sublime et doux, il s'était senti viril, séduisant, désirable. Ces étreintes, et toutes les autres avaient dissous sa lucidité et son sens critique. Il avait refusé de voir qu'ils se ressemblaient si peu. Elle avait bien vite déserté les concerts classiques, et il n'éprouvait aucun plaisir à écouter du rap ni dans les soirées en boîte, abasourdi par la musique et piètre danseur. Si elle le suivait dans ses sorties escalade, c'était surtout pour se sentir séduisante sous les regards de tous ces hommes musclés. La randonnée l'ennuyait et elle la trouvait trop fatigante. Passer des vacances à la montagne chez sa belle-sœur ? De la montagne elle ne souhaitait connaître que les stations de ski alpin, bruyantes et surpeuplées, qu'il abhorrait. Elle l'avait accompagné à trois reprises, avant d'asséner, avec une moue boudeuse : « Aller encore m'enterrer dans ce trou ? Non merci ! Pourquoi ne m'emmènes-tu pas à Ibiza ? J'en ai toujours rêvé ! » Et il avait cédé… Mais il s'y était senti si peu à sa place qu'il avait décidé de partir seul la fois suivante, s'il le fallait. Petit à petit, ils avaient partagé de moins en moins de sorties, sauf lorsqu'il se faisait violence pour tenter de se conformer à ses goûts. Elle l'en récompensait par de savants jeux sensuels qui le rendaient fou et dépendant de ses lèvres et de sa peau.

Vincent avait refusé de voir que, comme une petite fille qui ne veut pas grandir, splendide et étincelante petite égoïste que tout le monde lui jalousait, elle se déchargeait sur lui des tâches ménagères et administratives, abandonnant derrière elle habits souillés et sachets vides, s'installant à table sans un geste pour l'aider, le laissant tout ranger et laver, payer les factures et faire les courses, ne se souciant jamais de ses besoins et états d'âme à lui. Ce qui l'avait fait rester les soirs de doute, quand elle l'avait une fois de plus délaissé pour aller danser quelque part, c'était cette lueur d'envie et de respect qu'il lisait dans le regard des autres hommes quand il la leur présentait. Pour attirer une pareille « bombe », il devait posséder quelques atouts… On l'avait rarement admiré dans la vie, à part peut-être pour sa mention très bien lors des résultats du bac, ou sa réussite au concours d'entrée de l'école d'ingénieurs. Succès éphémères et tellement dérisoires en comparaison des centaines de petites et grandes humiliations subies au collège et au lycée…

Et puis, un jour, après des études de design graphique et de commerce, Laetitia avait décroché un poste dans une agence de publicité. Une fois n'est pas coutume, elle l'avait invité dans son restaurant préféré, celui de leur rencontre. Il s'était pris à espérer un renouveau de leur relation, les responsabilités professionnelles la feraient peut-être mûrir… Elle lui avait annoncé, entre la poire et le fromage, qu'elle le quittait. Il était vraiment très gentil — peut-être trop — mais décidément trop ennuyeux. Elle souhaitait vivre avec quelqu'un qui soit plus en phase avec son époque, et, d'ailleurs, elle l'avait trouvé en la personne d'un de ses charmants nouveaux collègues. Avec un naturel stupéfiant qui l'avait assommé, elle lui avait aussi avoué tranquillement qu'elle le trompait depuis longtemps, mais sans méchanceté, sans que cela ait d'importance, « parce qu'elle avait beaucoup d'affection pour lui »…

Il était rentré, seul, dans son appartement, où traînaient encore, çà et là, quelques-unes de ses chaussettes dépareillées, de ses petites culottes et des effluves de son parfum. Il s'était endormi comme pour espérer que ce n'était qu'un cauchemar. Mais le réveil avait été douloureux. Soudain dégrisé, il avait compris n'avoir été qu'un jouet qu'on abandonne après usage, qu'on délaisse dès qu'il vous lasse, ou une sorte de coussin confortable sur lequel on se prélasse avant de partir vers d'autres horizons. Il doutait à présent d'avoir été aimé un seul instant. « Que croyais-tu ? s'interrogeait-il, amer, qu'une fille comme elle pouvait s'intéresser à toi ? Qu'on pouvait d'ailleurs s'intéresser à toi en général ? Elle l'a bien dit, tu es ennuyeux comme la pluie… »

L'idée du suicide l'avait tout à coup envahi, telle une vague, un tsunami. Mais comment ? En se jetant dans la Seine ? Fin douloureuse à n'en pas douter. Ou du haut des tours de Notre-Dame, comme dans le film *Amélie Poulain* ? Dorénavant des grilles protégeaient de cette tentation. Se pendre ? Douloureux aussi… Une fois, peu après la perte de son mari, sa sœur lui avait avoué sa recette : « Moi, si je me supprime, je prends des somnifères, et je vais m'endormir en montagne un jour de grand froid. On ne doit pas souffrir… » Il l'avait bercé longtemps dans ses bras et lui avait fait jurer de ne pas mettre en application sa méthode.

Sa sœur Sandra… Comme une bouée de sauvetage, il avait saisi le téléphone pour l'appeler. Il avait déversé toute sa peine, tout son mépris de soi, et elle avait dit : « Viens ! »

Avec un reste d'énergie, il avait prévenu son chef, qui, magnanime, lui avait accordé une semaine de congés. Il avait sillonné les sentiers haut-alpins, grimpé les voies d'escalade avec une rage désespérée, se noyant dans l'immensité des paysages, oubliant parfois sa peine le temps d'un coucher de soleil sur les sommets. Mais le chagrin lui broyait malgré tout le cœur comme avec un gant de fer. Une fois, penché au-dessus d'un abîme, il avait évalué la possibilité de s'y tuer « proprement »… Il avait senti sur son bras la main de sa sœur, il avait plongé son regard dans le regard vert étoilé de marron, si semblable au sien. Ils n'avaient rien dit. Ce n'est que plus bas, beaucoup plus bas, au bord du lac, qui reflétait le feu mordoré des mélèzes d'automne, le bleu éclatant du ciel et le blanc des premières neiges, qu'elle avait avoué, embrassant du geste le paysage : « Moi aussi j'y ai pensé, au même endroit. Mais tu vois, je suis toujours là. Pour les enfants d'abord. Et pour continuer à voir tout cela… »

Alors, il avait renoncé à ses projets extrêmes. Pour continuer à voir tout cela… Mais cela ne l'avait pas guéri pour autant. Envahi par un « à quoi bon ? » tenace, il menait une vie recluse, se réfugiant dans le travail, pour la plus grande satisfaction de son patron. Ses collègues le surnommaient « le moine », ses amis s'inquiétaient pour lui, Sandra tentait, en vain le plus souvent, de « le secouer ». Rien ne le sortait durablement de ce sentiment de vide, d'inutilité, d'insignifiance. Ni la mise en œuvre impeccable d'un projet professionnel, qui lui valait de chaleureux compliments (et la jalousie de ses collaborateurs), ni la maîtrise d'un passage clé dans une voie d'escalade, sous les exclamations enthousiastes de Sandra. Il se sentait revivre quelques heures avant de retomber dans son marasme.

Alors, ce confinement qui pesait tant à d'autres l'atteignait peu. Ce qu'il regrettait tout de même, c'étaient ses vacances prévues fin avril (il aurait dû boucler sa valise trois jours plus tard), pour profiter de la neige de printemps en ski de randonnée avec sa sœur et ses amis. Oui, l'éclat éblouissant des sommets immaculés, l'effort couronné par un paysage grandiose, le plaisir de dévaler les pentes en virages souples entre les rochers ou les sapins donnaient vraiment du goût à la vie. Pour une semaine ou deux, certes, mais c'était déjà cela… Un peu rêveur, il enregistra son travail et rabattit l'écran de son ordinateur portable. Il se leva et s'étira. Les longues heures en position assise avaient engourdi son dos et tous ses membres. Finies les lignes de code pour aujourd'hui. Il appellerait sa sœur, pour écouter ses récits de randonnées frauduleuses, ses cache-cache avec la police pour dépasser l'heure et le kilomètre. Un instant, il prendrait un bol d'air virtuel dans la montagne printanière, où la neige couvre encore les sommets, mais où poussent déjà les primevères, les hépatiques et les premières fleurs de mélèze…

À l'étage du dessus, les cris avaient cessé. « Peut-être se sont-ils réconciliés », songea-t-il. Après tout, cette relation explosive n'était-elle pas plus saine que le mensonge feutré dans lequel il avait vécu pendant des années ? Au moins, les choses étaient exprimées. Mais il ressentait toutefois un certain malaise en y repensant. C'était toujours la voix de l'homme qui émergeait du vacarme, il distinguait à peine celle de la femme, qui lui semblait plus plaintive. Et si cette relation était plutôt tout sauf saine, un rapport de domination, voire de la maltraitance ? Il ne s'attarda cependant pas à réfléchir à cette supposition. Il avait grand besoin de se remplir l'esprit d'idées positives. Il saisit son téléphone et composa le numéro de sa sœur.

Chapitre 2

Sandra Monnier remplit sa poche à eau, avant de la glisser dans son sac à dos. Elle annonça à tue-tête à travers la maison :

— Je vais randonner un peu vers la Reste ; vous venez avec moi ?

— Encore ! s'exclama la voix peu enthousiaste de sa fille Emma, j'y suis déjà allée deux fois !

— Ce serait avec plaisir maman, répondit plus diplomatiquement son frère Romain en passant la tête par la porte de sa chambre, mais j'ai reçu plein de travail à faire aujourd'hui. Je t'accompagne la prochaine fois, promis.

— Je vais essayer de nous concocter un itinéraire nouveau et sympa pour dimanche, annonça leur mère, conciliante, en attendant j'ai besoin de prendre l'air, alors à tout à l'heure !

Elle rajouta dans son sac un coupe-vent, une polaire pour la température encore fraîche de ce mois d'avril et son incontournable boîte de fruits secs. Consulta une dernière fois son application de cartographie : en ne traînant pas, elle pourrait faire la boucle du Clos Jaunier et de Clot Jarry. Une bonne quinzaine de kilomètres et huit cents mètres de dénivelé environ : elle serait rentrée pour midi. Ne restait plus qu'à remplir son attestation, en antidatant légèrement l'heure de départ : déjà cela de gagné… Surtout ne pas oublier le stylo effaçable qui permettrait de changer l'heure de départ un peu avant son retour. Elle enfila ses chaussures de randonnée, saisit ses bâtons et referma derrière elle la porte d'entrée. Elle traversa le jardin où fleurissaient coucous, narcisses et tulipes et commença à remonter la petite route. Quelques centaines de mètres plus loin, elle prendrait à gauche sur le chemin et disparaîtrait à la vue d'une éventuelle patrouille de gendarmerie. Elle ignorait pourquoi elle se sentait angoissée : pour l'instant, elle était « dans les clous », à deux pas de chez elle et partie depuis moins de cinq minutes. Était-ce parce qu'elle n'avait jamais su mentir ? Avait-elle peur que son intention d'enfreindre des règles qu'elle jugeait ineptes se lise dans ses yeux si on l'interrogeait ?

Une demi-heure plus tard, elle respirait plus librement : sur la piste jonchée d'arbres couchés par la tempête quelques semaines plus tôt, où elle enjambait, contournait, se glissait entre les troncs, nul gendarme, fût-il à VTT, ne viendrait la surprendre. Elle profita d'un répit dans le chaos des branches pour accélérer un peu le rythme. Ses sorties presque quotidiennes, certes moins spectaculaires et enivrantes que les randonnées à ski que le confinement lui interdisait, la maintenaient malgré tout en forme. Faire cours à distance lui permettait une latitude d'organisation qui favorisait une pratique sportive régulière, pratique nécessaire à son équilibre.

Elle atteignit le Clos Jaunier, où s'étalaient encore de grandes plaques de neige, et s'assit sur le banc près de la fontaine pour grignoter quelques amandes et un pruneau. De là, le panorama s'ouvrait sur les sommets environnants, la station des Orres, le Méale…

Le Méale, combien de fois l'avait-elle parcouru à ski avec David, en criant de joie à chaque virage, lorsque la poudreuse leur procurait des sensations d'ivresse et de légèreté ! Était-ce cet isolement forcé, le manque de ses amis, qu'elle ne pouvait plus joindre que par téléphone ou par message, et, à l'occasion, entre deux rayons du supermarché ? Tout lui revint, cela montait, sans qu'elle pût lutter, comme une déferlante, qui la prenait à la gorge et lui serrait le cœur.

Sandra se souvint de sa première rencontre avec David, lors de ce fameux stage d'alpinisme, où elle était inexpérimentée, un peu gauche et insuffisamment entraînée, mais ô combien motivée ! Lui, au contraire, pouvait presque rivaliser avec les guides, agile, intrépide, infatigable, assimilant en un clin d'œil toutes les manipulations de corde, tous les nouveaux gestes. Il brillait dans tous les domaines : il était beau, intelligent, cultivé et charismatique, il exsudait la confiance en soi dans chacune de ses actions. Elle osait à peine lui adresser la parole, intimidée, persuadée de son insignifiance. Les deux autres membres féminines du groupe, elles, lui lançaient des propos aguicheurs et des œillades enflammées qu'il semblait ignorer, gentil et chaleureux, mais inaccessible. La jeune femme allait-elle laisser passer cet homme, qui incarnait tout ce dont elle avait rêvé ?

Et puis il y avait eu la soirée en refuge de leur dernière course. Les groupies étaient sous la douche, et elle s'était mise à l'écart pour peindre, à l'aide de la petite boîte d'aquarelle qu'elle emportait presque toujours dans son sac à dos. Tout à coup, la voix de David derrière elle l'avait fait sursauter : « Très chouette ! ». Après un instant d'hésitation, malgré la proximité de cette épaule masculine et de la sienne, elle s'était subitement libérée, lui avait montré ses autres dessins. Ils avaient évoqué les paysages et les cimes correspondants, leur passion commune pour la montagne, passion contrariée par l'éloignement (ils habitaient tous deux en région parisienne), ainsi que leurs métiers respectifs : lui, professeur de physique, et elle, professeur des écoles. Et puis, soudain, comme l'heure du repas approchait et allait rompre leur intimité, elle s'était lancée, avec cette hardiesse brusque des timides : « Maintenant que nous sommes bien entraînés et plus expérimentés, nous pourrions peut-être rester dans les environs pour faire quelques sommets ensemble ? Après tout, les vacances ne sont pas finies et je n'ai rien prévu d'autre. »

Elle avait parlé trop vite et un peu bredouillé. Il l'avait regardée, étonné. Elle avait attendu, anxieuse, l'instant de son refus poli. Mais il avait répondu avec un large sourire : « Pourquoi pas ? »

Et c'est là que tout avait commencé. Leur première nuit, étincelante et inoubliable, dans une chambre d'hôtes de Servoz, leurs premiers sommets, modestes, mais réalisés, fièrement, en autonomie. Assez vite (trop ?), la naissance de Romain. Romain dormant sur un anneau de corde au pied des voies. Romain qu'on confie à ses grands-parents quand l'appel de l'alpinisme se fait trop grand. La mutation difficilement obtenue, d'abord lui, puis elle. Comme pour fêter cela, l'arrivée d'Emma. L'acquisition de la ferme à restaurer sur les hauteurs d'Embrun, parce qu'ils n'ont pas les moyens d'acheter du neuf et qu'ils sont bricoleurs. Quelques années de bonheur sans nuages et puis cette voie d'escalade que David part faire avec son copain Franck, car il est beaucoup plus fort qu'elle et que, de temps en temps, il faut bien qu'il puisse gravir d'autres itinéraires que ceux où elle est capable de l'accompagner. La voix tremblante de Franck au téléphone : « Il y a eu une chute de pierres… » L'instant de sidération, puis le hurlement, animal, de désespoir. Le corps, si paisible, à la morgue. Elle aurait voulu le secouer pour qu'il se réveille… La roche avait fait exploser le casque, entraînant la tête en arrière et brisant les cervicales, mais le visage, épargné, avait l'air de dormir. Après le fracas des blocs dévalant la pente, Franck avait eu le réflexe de s'abriter au mieux. Puis il avait crié : « David, ça va ? » L'absence de réponse avait duré longtemps, trop longtemps… Franck était monté le rejoindre, en s'auto-assurant comme il le pouvait…

Combien de fois avait-elle senti cette vague de désespoir l'envahir depuis cinq ans ? Ce tsunami qui balayait toutes ses bonnes raisons de vivre : ses enfants, ses amis, la montagne, et lui donnait une irrépressible envie de faire cesser ce cauchemar par la chute du haut d'un précipice ou l'absorption d'une boîte de médicaments. Elle ne savait. Il lui avait pourtant semblé, ces deux dernières années, depuis qu'elle partageait plus régulièrement les sorties du Club Alpin Français, les fous rires et les « troisièmes mi-temps », que la douleur s'estompait, qu'elle commençait à entrevoir la possibilité d'une existence sans David. Mais les informations anxiogènes diffusées en boucle, qu'elle finissait par ne plus suivre, les contacts sociaux fortement réduits, la crainte de se « faire prendre » et de devoir renoncer à ses randonnées après avoir renoncé à la haute montagne, sa drogue, sa bouée de sauvetage, avaient ravivé les blessures mal cicatrisées.

Elle ignorait depuis combien de temps elle était assise sur le banc, des larmes silencieuses lui coulant sur les joues, lorsqu'une voix derrière elle la fit sursauter : « Alors, comme ça, on fraude aussi ? »

Elle se leva d'un bond. Un homme, de son âge environ, grand, l'œil bleu dans un visage bronzé, sous une touffe de cheveux bruns à peine parcourus de quelques fils blancs, se tenait devant elle. Du genre qui l'agaçait : moniteur de ski beau gosse qui fait rêver les minettes. Elle essuya rapidement ses larmes avec sa manche, pas assez pour qu'il ne les remarque. Le large sourire de l'intrus s'évanouit.

— Ça va ? demanda-t-il.

— Oui, oui, répondit-elle, vous m'avez fait peur, c'est tout.

Elle consulta sa montre.

— Oh, il est déjà très tard, il faut que je me dépêche !

— On broie toutes sortes d'idées noires pendant cette saloperie de confinement, observa-t-il, montrant qu'il l'avait percée à jour. Vous allez où ? Moi, je monte vers la cabane de Soleil Bœuf.

— Vous allez brasser pas mal sur la fin, se surprit-elle à lui répondre alors qu'elle ne ressentait aucune envie de lui faire la conversation, moi je rentre chez moi en passant par Clot Jarry.

— On peut donc faire le début du chemin ensemble, proposa-t-il, avant d'ajouter avec un clin d'œil : à un mètre de distance minimum, bien sûr !

Elle le sonda un instant du regard en songeant à l'étonnement d'une amie citadine : « Mais tu n'as jamais peur, comme cela, toute seule au milieu de rien, de tomber sur un cinglé ? » Elle ne s'était jamais vraiment posé la question, confiante en l'isolement de ses montagnes et en la nature humaine en général. Elle ne perçut aucune ombre dans le ciel clair de ses yeux. Était-elle naïve ? Et puis, la criminalité était si faible dans les Hautes-Alpes ! Tellement moins, en tout cas, que ce qu'une série télévisée à succès tentait de faire croire…

— Pourquoi pas ? acquiesça-t-elle du ton le plus neutre possible.

Ils cheminèrent quelques minutes en silence, un peu gênés. La croûte de neige craquait sous leurs chaussures. Il l'observait à la dérobée, les lèvres remplies de questions qu'il n'osait poser.

— C'est agréable de rencontrer de vraies personnes en se baladant, remarqua-t-il enfin. D'habitude je suis toujours seul. Au début du confinement, je suis sorti malgré tout avec des copains ; j'ai même continué le ski de rando. Mais la troisième fois ils nous attendaient à la voiture. Pourtant, nous avions essayé de nous garer discrètement… Cent trente-cinq euros, ça calme… Alors, maintenant, je me promène gentiment. Mais pas vraiment dans le kilomètre non plus…

Elle répondit avec un sourire amusé :

— Le ski de randonnée, j'ai arrêté. J'ai trop peur de la prune ! Et puis c'est vrai qu'il vaut mieux ne pas s'exposer à un accident. Mais sur les chemins, qu'est-ce qu'on risque ? De contaminer une marmotte réveillée trop tôt ?

— Je suis bien d'accord avec toi, renchérit-il, employant sans s'en rendre compte le « tu » des montagnards, celui qui lie tout de suite les compagnons de cordée, et si je développe le sujet, je vais devenir très très ronchon !

Elle se troubla un peu, furtivement, de ce « tu » prononcé par cet homme qui l'impressionnait malgré elle, mais sa réflexion la fit éclater de rire tant elle faisait écho à sa propre révolte.

Il reprit :

— À force, je vis scotché à mon portable pour avoir des nouvelles des potes, qui habitent de l'autre côté d'Embrun, à Guillestre, à Briançon, enfin, trop loin pour y aller à pied. Ou alors on échange cinq minutes à la sortie du supermarché. Je vais finir par parler à mes plantes vertes…

Elle s'esclaffa de nouveau avant de répliquer :

— Moi, je parle avec mes enfants, même si parfois ils n'ont guère plus de conversation qu'une plante verte !

Ce fut à lui de pouffer, avant de demander :

— Et ils ne t'accompagnent pas en randonnée ?

— Si, assez souvent, admit-elle, mais le grand travaille beaucoup pour ses études, et la deuxième a quinze ans, alors ce n'est pas toujours facile de la motiver…

Ils avaient atteint le croisement des sentiers qui allait les séparer. La trace disparaissait entièrement sous la neige, mais l'habitude d'y passer leur permettait de se repérer.

— Je vais prendre à gauche, annonça-t-elle, bonne fin de rando et bon brassage !

Aurélien Bourdeau sourit, la salua aussi et regarda sa fugitive compagne dévaler la pente. Il ne connaissait même pas son prénom, mais n'osa pas la héler pour le lui demander.

Sandra courait dans la descente en réfléchissant à l'opportunité de faire tout de même le détour par Clot Jarry. Ses enfants allaient l'attendre pour déjeuner. Elle décida finalement de s'accorder quelques moments de liberté supplémentaires. Elle leur enverrait un message et ils réchaufferaient des restes... Du côté sud, la piste était presque sèche, et elle bondissait entre les quelques névés subsistants ou les flaques de boue en s'appuyant sur ses bâtons. Cette rencontre inopinée lui occupait l'esprit plus qu'elle ne voulait se l'avouer. Comme disait l'inconnu, il était tout de même plaisant de parler de vive voix avec de vraies personnes. Et il n'était pas désagréable de converser avec un bel homme qui semblait vous trouver à son goût... Elle chassa immédiatement cette idée sitôt après l'avoir conçue. Rien ne permettait de confirmer cette dernière hypothèse : dans l'état de solitude où la population entière était plongée, il aurait sans doute été tout aussi charmant avec une mamie de quatre-vingt-cinq ans… Cependant, l'impression de lourdeur, la marée de désespoir avaient disparu. Inutile d'analyser plus profondément. Juste accepter ce répit, cet instant de légèreté qui aide à continuer à vivre malgré tout, comme elle l'avait toujours fait depuis cinq ans…

Chapitre 3

Angélique Colin souleva l'aimant pour prendre la liste des achats fixée sur le réfrigérateur, saisit deux cabas dans la corbeille de l'entrée et plaça la bandoulière de son sac à main sur son épaule. Comme tous les jeudis matins depuis que le confinement lui imposait le travail à distance, elle se rendrait au supermarché, un des seuls espaces de liberté dans un quotidien de plus en plus étouffant et sombre. Son mari dormait encore : elle entendait ses ronflements par la porte entrouverte de la chambre. Elle s'enfuit comme une voleuse, comme s'il allait la priver de cette liberté-là, après l'avoir privée de tendresse, de ses rêves, de son estime de soi.

Elle descendit les escaliers, traversa le hall et sortit de l'immeuble. Il faisait un temps doux et ensoleillé. Un temps à aller se promener en forêt… Mais même les allées des parcs étaient interdites. Quelque chose avait envie de se révolter contre ces formes d'injustice qui l'entouraient de toute part, mais elle était trop résignée pour cela. C'était une nouvelle couche d'accablement qui se déposait sur ses frêles épaules, déjà presque un peu voûtées, à trente-six ans.

Grâce à la circulation fluide que permettaient les mesures exceptionnelles du confinement, elle parvint rapidement au supermarché. Elle mit un masque, plus pour protéger les autres que pour se rassurer elle-même. Jeune encore, elle risquait peu de développer une forme grave de la maladie. Mais surtout parce que son existence lui était devenue indifférente et sans valeur. Au fond, elle continuait à vivre, car elle n'avait pas le courage de mettre fin à ce cauchemar. Tout comme elle n'avait pas le courage de résister aux cris et coups de son mari ni celui de porter plainte. Elle était vidée, privée d'énergie comme une pile à plat.

Elle n'avait jamais été la fille effrontée et fascinante qu'on remarque et qu'on envie. Petite, cheveux châtains sagement attachés, yeux noisette. Bonne élève, mais pas assez singulière pour être harcelée. Discrète, timide, inexistante, on l'ignorait. Au lycée, elle comptait ses amis sur les doigts d'une seule main. Pendant ses études, elle avait noué quelques relations solides, un groupe restreint et chaleureux qu'elle aimait retrouver. Au travail aussi, on appréciait son sérieux et sa gentillesse, même si elle demeurait secrète et réservée.

Et puis elle avait rencontré Fabrice, pendant une pause de midi, huit ans auparavant. Une brusque et irrépressible envie de tester ce restaurant à la mode que lui avait recommandé une amie. Ses collègues étaient partis manger avant elle dans l'un des cafés de la Bibliothèque Nationale de France, où ils travaillaient. Mais elle souhaitait terminer ce dossier urgent. Et ce dégoût soudain des plats de restauration rapide qu'elle connaissait par cœur. Elle s'était assise à une petite table isolée du *Coup de fourchette* et avait dégusté le menu du jour en observant les autres convives furtivement, comme elle aimait le faire.

Elle achevait les dernières bouchées de son dessert, lorsqu'il était sorti de sa cuisine pour saluer ses clients. De taille moyenne, trapu, le visage rond et les cheveux déjà un peu rares, il aurait été tout à fait ordinaire si l'énergie débordante qui émanait de tous ses mouvements, son sourire éclatant et la lueur malicieuse qui brillait dans ses yeux ne lui avaient conféré un charme certain. Après avoir plaisanté avec quelques habitués, il était venu droit à sa table et avait remarqué de son air le plus enjôleur : « Ah, mais nous avons une nouvelle cliente ! Et jolie en plus ! Et dire que je reste enfermé dans la cuisine et ne peux lui faire la cour ! »

Angélique, cramoisie, aurait voulu rentrer dans un trou de souris. Mais il s'était assis en face d'elle, lui avait offert un café et l'avait bombardée de questions sur son prénom, ses goûts culinaires, son métier, sa vie, sous le regard goguenard des autres clients. Elle avait répondu du bout des lèvres, trop impressionnée pour le rappeler à la discrétion. En quittant le restaurant, elle s'était promis de ne plus y retourner. Mais elle y était tout de même revenue. Personne ne lui avait encore dit qu'elle était jolie. Ses quelques relations amoureuses avaient rapidement tourné court. Ses partenaires lui avaient reproché d'être trop fusionnelle et sentimentale. Et, avec eux, elle avait toujours fait le premier pas. Maladroitement, avec une audace désespérée. Avec le recul, elle avait l'impression que ses conquêtes éphémères avaient cédé sans grand enthousiasme, plutôt pour lui faire plaisir. Et, tout à coup, un homme séduisant semblait la trouver attirante. C'était trop rare et inédit pour être négligé. Elle avait donc déjeuné de nouveau à l'auberge deux semaines plus tard, en choisissant d'arriver assez tard, presque en fin de service, pour éviter l'affluence. Elle était persuadée qu'il l'avait déjà oubliée, qu'elle n'avait été que la complice involontaire d'un numéro de don Juan destiné à amuser la galerie. Elle souhaitait juste en avoir le cœur net. Pourtant, vers la fin du repas, comme la fois précédente, il avait traversé la salle pour la rejoindre. Il lui avait reproché, mi-sérieux, mi-rieur, sa trop longue absence, lui avait affirmé l'avoir guettée tous les midis. Il avait fini par lui promettre un menu gratuit en échange d'une visite guidée des coulisses de la Bibliothèque François Mitterrand. Elle avait cédé, déjà captivée, déjà sous influence. Durant toute la visite, il avait été attentif, intéressé, admiratif, posant des questions pertinentes et la complimentant sur l'étendue de ses connaissances, déplorant son manque de culture et manifestant l'envie d'y remédier. Flattée, rose d'émotion, elle avait accepté la proposition osée qu'il lui avait glissée à l'oreille au moment de la quitter : « Vous savez, je cuisine aussi à domicile. » Ils avaient échangé leurs coordonnées, convenu d'une date.

Son appartement spacieux, récemment rénové, dans la banlieue chic, tout près du parc de Sceaux l'avait intimidée, elle qui restait, malgré plusieurs années en région parisienne, une petite provinciale issue d'un milieu assez modeste. Il s'en était presque excusé : « J'aime l'espace et la verdure. Ça change de Paris centre. » Et il avait ajouté, avec un regard un peu insistant qui avait fait rougir Angélique : « Et puis j'espère avoir des enfants : il leur faut de la place. » Il lui avait joué le grand jeu, l'avait éblouie avec des plats raffinés, cuisinés devant elle avec les meilleurs produits. Il lui avait interdit de l'aider, et l'avait installée d'office sur le canapé, un délicieux cocktail maison en main. Rêveuse, elle s'était déjà imaginé un avenir doré auprès d'un homme charmant, talentueux et prévenant.

Tout était ensuite allé très vite. À peine trois mois après leur premier rendez-vous, il l'avait demandé en mariage. Trois mois idylliques où il avait été un ange de délicatesse et d'attentions, ne cessant de lui adresser les compliments les plus valorisants, de la surprendre avec des sorties, des cadeaux, des bouquets de fleurs inattendus. Il lui avait toujours semblé quémander de l'amour auprès de ses précédents partenaires. Cette inversion des rôles l'embarquait sur un petit nuage rose. La demande en mariage l'avait comblée de joie, tout à coup transportée dans le monde des contes de fées. Ses meilleures amies avaient eu beau la mettre en garde : « Tu ne penses pas que c'est un peu rapide ? Il a quand même une réputation de dragueur. Et puis, vous n'avez pas beaucoup de goûts communs. » Elle trouvait sans cesse un nouvel argument : justement, avant elle, il n'avait pas encore rencontré la femme de sa vie (ce qu'il n'avait cessé de lui répéter). Depuis qu'ils se fréquentaient, il s'était assagi (ce qui semblait se confirmer à l'époque). Et puis, vive la complémentarité : on a plus d'expériences à échanger ! Elle aussi avait mis ces conseils avisés sur le compte de la jalousie : l'une de ses amies était une célibataire endurcie, les autres étaient en couple avec des collègues documentalistes ou des professeurs, certes sympathiques et cultivés, mais un peu fades en comparaison de son bouillant restaurateur.

Une cérémonie romantique et bucolique dans le parc d'un château Renaissance, des centaines d'invités, ses parents et connaissances impressionnés par ce faste...

Et puis, assez vite, la fin des belles illusions dorées : un mari qui rentre très tard presque tous les soirs (« Mais enfin, chérie, je n'y peux rien, c'est mon métier, tu le savais bien »), qui ne participe pas, même lors de ses jours de repos, aux tâches ménagères, y compris la cuisine, pourtant sa spécialité. (« Je ne fais déjà que cela toute la semaine, je sature ! ») Mais qui lui reproche un rôti trop cuit, un gâteau pas assez léger, une soupe insipide. Et surtout, qui s'impatiente dès les premiers mois de l'absence de l'héritier tant attendu. Obsession qui empoisonne leur vie sexuelle, dirigée de plus en plus vers cet unique but.

Après une première année infructueuse, il l'avait poussée à consulter. À la suite de toute une batterie d'examens et d'analyses, le gynécologue avait été formel : aucune impossibilité physiologique. « Il y a peut-être un blocage psychologique, ou bien le problème vient de Monsieur », avait suggéré le spécialiste.

Patrice, à cette annonce, s'était écrié, outré : « De moi, tu rigoles ! Tu as bien vu, j'ai trois frères et sœurs et une flopée de cousins. On est fertile dans la famille ! »

Dès lors, leur relation n'avait fait que se dégrader. Chaque jour avait compté son lot de réflexions acerbes et blessantes, qui avait achevé de détruire le peu de confiance en elle qu'elle conservait avant de le rencontrer. En public, il avait encore joué quelques années le mari attentionné, réservant sa morgue pour l'intimité. Elle s'était soumise sans révolte à ses sarcasmes, de plus en plus persuadée de son insignifiance et rongée par une culpabilité vague et infondée. Devant ses proches, elle était parvenue à contrefaire la femme comblée, tout en s'isolant peu à peu, de moins en moins capable d'interpréter cette comédie du bonheur.

Ils avaient tenté, à quatre reprises, une fécondation in vitro avec micro-injection, afin de réussir enfin à procréer sans froisser la susceptibilité de Fabrice. Le gynécologue avait bien averti : « Au vu de la faible qualité des spermatozoïdes, le résultat n'est absolument pas garanti. » Son mari avait fait semblant de ne pas entendre. Elle avait espéré l'impossible à chaque essai, se berçant de l'illusion que l'arrivée d'un enfant rétablirait l'harmonie dans leur couple. Après le quatrième échec, leur vie commune s'était encore dégradée. Il l'avait délaissée de plus en plus, découchant régulièrement, partant en congés sans elle, et la reléguant au rang de bonne à tout faire, qui, malgré tous ses efforts, ne parvient jamais à satisfaire son maître. Il ne la touchait plus, ou alors, parfois, à la sauvette, pour un accouplement rapide et sans tendresse.

Quelques mois plus tôt, Élodie, une amie et collègue de travail l'avait invitée chez elle et avait, après quelques circonvolutions, enfin osé parler : elle avait surpris Fabrice embrassant à pleine bouche une de ses serveuses. Et ce n'était pas la première liaison qu'elle lui connaissait.

Angélique, abattue, n'avait pas cherché à nier. Elle s'en doutait depuis longtemps, sans vouloir l'admettre. Elle avait parfois tenté d'en savoir plus, s'attirant de nouvelles remarques : « Tu es vraiment d'une jalousie maladive ! », elle qui se soumettait de bonne grâce à ses roucoulades avec d'autres femmes lors de leurs réunions entre amis. Amis qui étaient de plus en plus ceux de Fabrice, les siens déclinant en général poliment les invitations, trouvant mille excuses qui ne trompaient personne.

— Bon débarras ! commentait son mari, qu'est-ce qu'ils sont chiants tes potes ! Des intellos coincés !

— Quitte-le, avait conseillé Élodie, je vois bien que tu n'es pas heureuse avec lui.

Cette suggestion lui avait donné le vertige. Elle n'était pas heureuse, certes, mais elle s'était tant investie et perdue dans cette relation qu'elle n'imaginait pas d'autre existence.

Quelques semaines plus tard, pourtant, après avoir subi une remarque encore plus blessante que les précédentes qui avait fait naître en elle un regain de rébellion, elle avait osé évoquer le sujet de ses liaisons adultérines. Cette fois, il n'avait même pas cherché à nier :

— Eh oui, j'ai une maîtresse et j'en ai eu d'autres. Et dès que l'une d'elles me fait un enfant, je te quitte.

Révoltée, elle avait rétorqué :

— Non, car c'est moi qui te quitterai d'abord !

Il avait ricané :

— Me quitter ? Mais pour aller où ? Tu es incapable de te débrouiller toute seule !

Elle avait failli lui répliquer qu'elle vivait seule avant de le rencontrer, qu'elle avait un métier suffisamment rémunérateur pour cela, et l'autonomie nécessaire. Mais, désemparée, anesthésiée, comme elle l'était toujours, par la grossière mauvaise foi et l'aplomb des réponses de son conjoint, elle s'était contentée de déserter la pièce en lui tournant le dos. Il l'avait rejointe quelques minutes plus tard dans la chambre où elle faisait les cent pas, hésitant sur le parti à prendre.

— Tu sais que tu es mignonne quand tu es fâchée ? lui avait-il glissé d'un air presque câlin en la saisissant dans ses bras.

Elle s'était dégagée, rageuse, mais il avait insisté et annoncé, comme une forme de déclaration :

— Si dans dix ans je ne suis toujours pas père, je finirai par croire que je suis stérile et je redeviendrai un gentil petit mari fidèle.

Et il l'avait renversée sur le lit, un peu plus tendre que d'habitude, jusqu'à ce qu'elle cède, dans un abandon mêlé de dégoût et d'espoir. Elle était persuadée qu'il ne parviendrait pas à avoir d'enfant. Devait-elle fermer les yeux et patienter ?

— Non, mais tu ne vas pas accepter cela ! s'était exclamée Élodie, mise au courant de cet échange, et surtout, tu ne vas pas gober ces fadaises ! Bien sûr qu'il continuera à te tromper, ne serait-ce que pour oublier qu'il est stérile et se prouver sa virilité !

Angélique avait dû admettre la justesse de son raisonnement, mais avait tout de même trouvé des circonstances atténuantes à son mari :

— Tu comprends, cela lui fait tant de peine de ne pas avoir d'enfant !

Élodie avait explosé :

— Mais tu es indécrottable ! J'y renonce ! Et toi, ça ne te fait pas de mal de ne pas avoir d'enfant alors que tu es fertile, d'avoir subi toutes ces FIV pour rien ?

Vaincue, Angélique avait courbé la tête et promis de réfléchir plus sérieusement à une séparation. Elle y était presque résolue lorsque le confinement avait été instauré…

La vie commune sans échappatoire était devenue en quelques jours insupportable. L'inquiétude qu'il nourrissait au sujet de l'avenir de son restaurant et l'inactivité forcée le rendaient irascible. Il s'abrutissait de télévision et d'alcool et l'abreuvait d'injures. Après deux semaines, il avait commencé à la frapper. Mécontent du plat qu'elle avait préparé, il avait envoyé son assiette à terre d'un revers de main en maugréant : « C'est dégueulasse ! ». Elle avait alors explosé, comme si cette goutte de plus avait fait déborder le vase de la soumission : « Si tu n'es pas content, prépare toi-même à manger ! Moi, je travaille, toi tu n'as que cela à faire ! »

Il s'était levé, rouge de fureur, et l'avait giflée de toutes ses forces. Elle s'était enfuie en pleurant dans la salle de bains, qu'elle avait fermée à clé. Cette fois-là, il s'était excusé, tentant de l'apitoyer avec ses ennuis financiers et son sentiment d'inutilité. Il avait préparé le repas du soir, l'avait couverte de caresses et de compliments et elle s'était, une fois encore, laissé abuser par ce jeu de chaud et froid.

Mais il avait recommencé, quelques jours plus tard, parce qu'elle s'était refusée à lui, répugnée par son odeur d'alcool et son approche vulgaire. Après l'avoir secouée en hurlant : « Je ne suis plus assez bien pour toi, c'est cela ? », il l'avait allongée de force sur le lit, lui avait arraché ses vêtements pour la prendre bestialement. Blessée et humiliée, elle n'était, malgré tout, pas parvenue à concevoir qu'elle avait subi un viol. Le lendemain, il était un peu calmé, mais les violences étaient revenues, de plus en plus souvent. Ces coups, au lieu de la révolter, l'avaient peu à peu réduite à la résignation et à la honte. Et la peur s'était installée. Mais elle ne savait que faire pour échapper à cet enfer. Où aller dans un pays sous cloche ? Comment expliquer à ce policier, qui lui demanderait les raisons de son déplacement, que la vie conjugale était devenue insupportable, voire dangereuse ? La croirait-il seulement ? Elle n'avait même plus la force d'essayer.

Angélique remplit son caddy machinalement, perdue dans ses souvenirs, son présent morose et son absence de perspective. Puis elle prit le chemin du retour, avec le désir vague de s'enfuir loin de tout cela, mais sans disposer de l'énergie nécessaire pour se lancer dans l'inconnu. Elle atteignit, beaucoup trop tôt à son goût, le parking de l'immeuble. Sortir les cabas du coffre, traverser les quelques dizaines de mètres qui la séparaient de la porte d'entrée, elle accomplit tous ces gestes le plus lentement possible, comme pour gagner encore un peu de répit salutaire. Elle posa les deux gros sacs remplis de courses pour chercher ses clés. Une voix derrière elle s'exclama, grave et chaleureuse : « Laissez, je vais vous ouvrir ! » Elle se retourna et, après un instant d'hésitation, elle reconnut le voisin du dessous. Il était blond, très grand, avec une carrure d'athlète, mais avec quelque chose de réservé et de doux qui donnait confiance. Elle, à qui la gent masculine inspirait de plus en plus de crainte, n'eut pas de mouvement de recul. « Merci », dit-elle d'une voix étouffée, en le laissant passer devant elle et lui tenir la porte. C'est quand elle se baissa pour ramasser ses sacs qu'il vit les traces dans son cou. En se relevant, elle croisa son regard vert, attentif et préoccupé. Elle sut qu'il avait remarqué les hématomes et eut soudain envie de s'enfuir au plus vite. Il avait peut-être aussi entendu les cris, toutes ces dernières semaines…

— Vous êtes sûre que ça va ? demanda-t-il d'une voix soucieuse.

— Oui, oui, merci, répondit-elle en s'élançant dans l'escalier sans se retourner.

Chapitre 4

Vincent referma, pensif, la porte de son appartement. Il réalisait soudain qu'il avait vécu presque trois ans dans une sorte d'autarcie affective. Il s'était enfermé dans sa souffrance, son mal-être, son désintérêt généralisé. Le confinement avait encore accentué ce détachement. Les sentiments des autres l'effleuraient vaguement. Même ceux de sa sœur, dont cinq ans écoulés avaient à peine atténué le deuil. Sandra, si forte en apparence, et pourtant si sensible et si vulnérable…

Les traces bleues sur le cou de sa voisine l'avaient comme réveillé. Cette voisine si discrète qu'elle passait inaperçue. Avant ce matin-là, il n'aurait pu la décrire, tout juste la reconnaître. Tout à coup, il avait détaillé ce visage fin, un peu trop régulier, comme s'il souhaitait se gommer des mémoires, avec l'ensemble de la frêle silhouette, dissimulée sous des habits trop amples, qui flottaient autour de son corps comme le drap d'un fantôme. Les grands yeux marron apeurés s'étaient imprégnés dans son esprit, ces yeux qui lançaient un involontaire appel au secours. Et Delonge s'était senti soudain égoïste et indifférent. Bien sûr, quelque chose au fond de lui clamait depuis des semaines que les cris entendus avaient quelque chose d'inhabituel et d'inquiétant. Mais il avait refusé d'écouter cet appel à la solidarité. Ne pas chercher les complications et les ennuis. Se dire que d'autres voisins auraient pu s'en mêler aussi. Pourquoi lui, après tout ? Il se souvint alors que les propriétaires de l'appartement proche du couple Colin étaient partis, dès le début du confinement, rejoindre l'air plus pur et l'horizon plus dégagé de la Bretagne. Les autres habitants de la résidence étaient peut-être trop éloignés pour entendre quoi que ce soit. Après tout, l'immeuble était plutôt bien isolé phoniquement. S'il continuait à faire l'autruche, le mari violent pourrait poursuivre longtemps ses sévices. Jusqu'où pourrait-il aller avant qu'elle porte plainte, si elle osait s'y résoudre ? Les médias relataient régulièrement des cas de féminicides. Serait-il le lâche complice d'un nouveau meurtre ? Mais que décider ? Prévenir dès à présent la police lui semblait malgré tout prématuré. Sans preuve et sans l'assentiment de la jeune femme, ce signalement risquait de tourner court et de mettre en éveil le conjoint, aggravant sa fureur et donc le péril encouru par son épouse. Il était plus sage de tenter tout d'abord d'échanger avec sa voisine. Mais comment aborder cette question délicate et indiscrète ? Il avait toujours été maladroit à l'oral, surtout pour évoquer l'intime. Il pouvait discourir doctement et longuement au sujet d'un nouveau programme, d'une application ingénieuse, d'un sujet scientifique ou d'un concert auquel il avait assisté, mais ne savait comment exprimer ses sentiments ni engager ses interlocuteurs à lui confier les leurs. Et puis, il devait s'assurer de n'être dérangé ni par un intrus, ni surtout par Fabrice Colin. Il décida de surveiller les allées et venues du couple et de saisir le moment propice. Peut-être lors de la prochaine sortie de la femme pour se rendre au supermarché. Il l'y suivrait et pourrait converser dans un lieu neutre, sans éveiller les soupçons.

Mais les évènements se précipitèrent, avant que Vincent entreprenne de parler à sa voisine. Deux jours plus tard, en soirée, alors qu'il se débattait avec un programme récalcitrant, des cris à l'étage supérieur le tirèrent de sa concentration, cette fois accompagnés, il lui semblait, de bruits de chocs. Il hésita un instant : appeler la police ou se rendre chez ses voisins pour tenter d'évaluer la situation ? Il se décida pour la deuxième solution. D'ici l'arrivée de la police, la crise risquait d'être passée et le mari jouerait facilement les innocents. Dans le pire des cas, il aurait amplement le temps de commettre l'irréparable… Il sortit de son appartement, gravit les escaliers à grandes enjambées et pressa la sonnette des Colin. Le vacarme cessa aussitôt, mais la porte resta close. Il insista donc. Plusieurs fois. Le voisin finit par apparaître sur le seuil. Il empestait l'alcool. Vincent eut peine à réprimer une moue de dégoût.

— Bonsoir, dit l'homme d'une voix pâteuse, on fait un peu trop de bruit, c'est cela ? Mais il n'est pas encore 22 heures.

— Je venais m'assurer que tout va bien, rétorqua calmement l'informaticien, j'ai entendu des cris. Et ce n'est pas la première fois.

Colin grimaça un rictus engageant et répondit sur un ton faussement sympathique :
— Vous savez, dans un couple, il y a parfois des disputes, mais après ça s'arrange.

Et se retournant vers sa femme, restée en retrait, pour l'inviter à s'approcher :

— N'est-ce pas, chérie ?

Elle eut un pâle sourire, et Vincent, qui l'observait attentivement à la recherche de traces de coups, lut dans ses yeux tant de détresse et d'appel au secours qu'il se jura d'agir dans les plus brefs délais. Mais, démuni, il ne savait quelle résolution adopter dans l'immédiat.

Le mari lui simplifia la tâche en promettant :

— On va être sages comme des images maintenant, vous pourrez dormir tranquille.

Delonge, pris de court, balbutia un salut et s'en alla, se maudissant de sa mollesse. En retournant dans son appartement, il se félicita tout de même de l'apparente bonne santé de la femme et d'avoir peut-être, par son intervention, brisé une spirale de violence. Mais il était plus décidé que jamais à guetter la première occasion de parler à sa voisine.

Le lendemain, il aperçut, de sa fenêtre, près de laquelle il avait installé son ordinateur, Colin traverser le parking et monter en voiture. Il se précipita sans attendre dans l'escalier et sonna chez ses voisins. Dans un premier temps, rien ne sembla remuer dans l'appartement et il insista, fit retentir une nouvelle fois le carillon en claironnant à travers la porte :

— Madame Colin, c'est Vincent Delonge, votre voisin du dessous. Il faut absolument que je vous parle.

Cette fois, le battant s'ouvrit presque aussitôt. Angélique Colin paraissait affolée :

— Vous ne pouvez pas rester longtemps, prévint-elle, il va bientôt rentrer, il est juste parti faire une course.

Elle n'ajouta pas que c'était pour s'acheter l'alcool qu'elle n'avait pas ramené en quantité suffisante à son goût, cause de l'esclandre de la veille.

— Donc c'est bien ce que je craignais, répondit Vincent, il vous maltraite.

Elle se ferma aussitôt et faillit lui claquer la porte au nez, mais il l'en empêcha en engageant son corps dans l'ouverture.

— Madame Colin, commença-t-il, je ne suis pas là pour juger votre vie de couple, mais parce que je m'inquiète. Je sais que ce temps de confinement peut-être très difficile à supporter quand deux personnes qui ne s'accordent plus sont obligées de se côtoyer toute la journée. Excusez-moi de me mêler de ce qui ne me regarde pas, mais j'ai entendu plusieurs fois des cris provenant de chez vous, j'ai bien vu hier soir que votre mari était ivre. J'ai vu aussi les hématomes dans votre cou, l'autre jour. Oui, je m'inquiète. Des femmes meurent presque tous les jours sous les coups de leur compagnon.

Elle le dévisagea un long moment en silence. La honte d'avouer — de s'avouer — sa situation la retenait encore. Et puis, celui-là était un homme aussi… Qu'avait-elle connu des hommes, sinon le mépris, l'abandon et maintenant la violence ? Mais, comme ce matin-là, dans l'entrée, elle se sentait étrangement en confiance. Pourtant, il aurait pu la briser entre ses bras de forgeron. Mais il la considérait de son doux regard vert, à la fois inquiet et timide. Et puis ses mots avaient provoqué un électrochoc en elle : il avait parlé de mort. La veille, lorsque son mari l'avait projeté brutalement contre la cloison, elle avait perdu conscience quelques instants. Jusqu'où cela irait-il la prochaine fois ? Ou une autre fois ? Elle devait bien admettre que les violences montaient peu à peu en puissance, que leur fréquence augmentait, que son conjoint, les premières fois un peu penaud, montrait de moins en moins de remords de la maltraitance qu'il lui infligeait. Que le confinement qui les contraignait à une cohabitation continuelle risquait de durer encore plusieurs longues semaines, pendant lesquelles l'aigreur et la frustration de son mari se déchaîneraient encore de nombreuses fois contre elle. Mais que faire ? Porter plainte pour subir l'ardeur vengeresse de Colin, qui ne serait sans doute, dans un premier temps, que peu inquiété ? Elle ne pouvait même plus en parler à ses amies, censurée par l'omniprésence d'oreilles indiscrètes. D'ailleurs, elle connaissait déjà la réponse : « Je t'avais bien dit de le quitter ! »

Delonge mit fin à son amère cogitation en lui demandant :

— Pratiquez-vous le télétravail ?

— Oui, je suis chargée de collection à la Bibliothèque Nationale de France, au département des manuscrits.

— Bon, constata-t-il avec une moue admirative, vous devez bien maîtriser l'outil informatique vous aussi.

— C'est vrai, je me débrouille, admit-elle avec un petit frisson de fierté qui lui réchauffa le cœur, mais surtout avec les logiciels que j'utilise souvent.

— Cela suffira largement ; je vous propose d'échanger par mail pendant vos heures de télétravail, cela passera inaperçu, si vous pouvez vous isoler sans risque d'être dérangée. Mais pensez à bien supprimer les messages régulièrement et à vider la corbeille.

— C'est la moindre des précautions, répondit-elle, mais, de toute façon, mon ordinateur professionnel est verrouillé par un mot de passe et mon mari, lui, n'est pas très familier avec l'informatique.

— Pardon, s'excusa-t-il, je ne voulais pas sous-entendre que…

Il s'empêtrait un peu, elle lui sourit, indulgente. Ce fut comme si une lumière l'éclairait soudain de l'intérieur et transformait ce fantôme furtif en une jeune femme charmante. Cela ne dura qu'un instant fugitif, mais Delonge le remarqua.

Ils échangèrent leurs adresses électroniques et leurs numéros de téléphone — en cas d'urgence — et il regagna son appartement, entre soulagement et perplexité.

Chapitre 5

La sente aboutissait sur la piste, non loin du belvédère. Avant de s'engager sur le chemin large et carrossable, ils s'arrêtèrent un instant, les sens aux aguets, l'oreille à l'affût du moindre bruit suspect. À cet endroit, la piste faisait un coude et ils pouvaient être facilement surpris « en plein délit » par un gendarme en quad ou en vélo tout terrain qui déboucherait à vive allure. Rassurés par le silence, que seul troublait le chant printanier des oiseaux, ils s'élancèrent à grands pas pour rejoindre leur objectif. Romain, même s'il affichait la désinvolture de ses dix-neuf ans, était quelque peu gagné par l'inquiétude de Sandra, et Emma n'était pas très fière non plus : elle ne souhaitait pas que sa mère ait des ennuis, elle la sentait déjà suffisamment mélancolique depuis le début de ce confinement qui la privait de ses salutaires expéditions en montagne avec ses amis.

Ils atteignirent la barrière du belvédère, derrière laquelle se dressaient la table de pique-nique et la fontaine. Ils allèrent se désaltérer avec délices de l'eau glaciale qui y coulait. Puis ils descendirent les marches pour admirer la vue sur le lac, le Morgon et les autres sommets des alentours, où la neige s'accrochait, encore abondante. Sur la gauche, s'étalaient la ville d'Embrun, le plan d'eau, les villages de Baratier et Crots…

— Cela vaut quand même le coup, non ? remarqua Sandra, qui ne se lassait jamais de ce paysage.

— C'est vrai ! admit avec enthousiasme Emma.

— Vous croyez qu'ils nous observent d'en bas à la jumelle ? demanda malicieusement Romain.

— Non, peut-être pas, répondit Sandra en riant, mais nous allons malgré tout pique-niquer dans un endroit plus discret.

Ils remontèrent les marches, franchirent la piste, puis gravirent quelque temps le chemin menant à la Chapelle des Seyères, à la recherche d'un emplacement agréable. Ils trouvèrent la place idéale après quelques lacets et la traversée hors sentier d'une pente du mélézin. La vue était panoramique, l'herbe moelleuse, le terrain plat et protégé d'éventuels regards inquisiteurs des forces de l'ordre. Ils partagèrent pain, saucisson, fromage et fruits, les yeux rivés sur les sommets. Comme d'habitude, Romain se plaignit de la frugalité du pique-nique et, comme d'habitude, sa mère et sa sœur raillèrent son appétit d'ogre. Et puis, comme la splendeur du paysage, la délicatesse mauve des hépatiques, la vitalité colorée des coucous distillaient dans leur cœur gaieté et tendresse, ils se contemplèrent en souriant. Les enfants posèrent chacun leur tête sur une épaule de leur mère et elle entoura leurs épaules de ses bras. Ils demeurèrent longuement silencieux, à savourer cet instant, où se mélangeaient affection, joie frondeuse volée à l'absurdité des lois, et reste de deuil commun, tristesse larvée qui s'insinuait si souvent depuis cinq ans, même au cœur des meilleurs moments.

Ce fut Romain qui rompit le premier la magie, en se relevant : « Bon, c'est bien beau, mais j'ai un devoir de physique à rendre demain matin », remarqua-t-il en rassemblant ses affaires dans son sac à dos.

Le trio eut vite redescendu la portion de chemin, et, après une prudente vérification, retraversé la piste, pour rejoindre à gauche, un peu plus loin, une sente discrète qui plongeait dans la pente et les dissimulait rapidement aux regards. « Ouf ! souffla Emma quelques lacets plus bas, nous sommes tranquilles jusqu'à Château de Caléyère. » Son frère, en mâle courageux, haussa les épaules, se moquant de l'inquiétude des membres féminins de sa famille.

— Tu peux rire, rétorqua sa sœur, les parents de Pauline se sont fait prendre vers la chapelle des Seyères : cent trente-cinq euros chacun !

— Oui, renchérit sa mère, si je peux éviter… Je préfère nous payer des sorties quand le confinement sera fini. Et puis, une première fois attrapée, adieu les randonnées au-delà du kilomètre ! L'amende suivante est bien trop salée pour courir le risque !

— Je sais, c'est vraiment débile, admit Romain, renfrogné. Ils nous ont déjà tronqué notre saison de ski de rando…

Sandra songea avec mélancolie à l'hiver précédent, où Emma, auparavant un peu trop jeune, avait enfin commencé à apprécier les longues montées épuisantes en peaux de phoque, pour savourer une descente jubilatoire dans la poudreuse. Il était temps que reprennent la vie normale, les excursions sans contraintes jusqu'à l'autre bout du département, les grandes voies d'escalade, les bières partagées avec les amis après l'effort, les éclats de rire et les embrassades…

Au-dessus des Barthelons, avant de « passer à découvert », ils sortirent leurs attestations, pour modifier, grâce au « stylo magique », l'heure de départ. Ils étaient en pleins calculs, pour déterminer cet horaire plausible, lorsqu'une voix derrière eux les fit sursauter :

— Flagrant délit de fraude !

Sandra, en se retournant, reconnut l'inconnu de Clos Jaunier.

— Vous aimez décidément faire peur aux gens, remarqua-t-elle avec une moue boudeuse.

Mais elle fut surprise d'entendre l'homme saluer son fils d'un « Bonjour Romain » et celui-ci lui répondre : « Bonjour monsieur Bourdeau ». Elle chercha dans sa mémoire à qui ce nom pouvait correspondre. Et c'est en les écoutant échanger au sujet de la scolarité de Romain en classe préparatoire qu'elle se souvint qu'il était son professeur de physique de terminale, celui qui avait remplacé David, quatre ans plus tôt. Romain lui en avait parlé plusieurs fois comme d'un enseignant compétent, plein d'humour et à l'écoute de ses élèves, mais elle ne l'avait jamais rencontré.

— Désolée, j'ai « séché » la réunion parents-professeurs l'année dernière, avoua-t-elle. J'étais un peu débordée et faire la queue pendant des heures pour s'entendre invariablement répéter que tout va bien… C'est bon pour l'ego, mais c'est chronophage !

— Mais ce n'est pas le pire, expliqua Aurélien Bourdeau à Romain en adressant un clin d'œil à Sandra. Cela fait deux fois que je surprends ta mère à braver la loi !

— Que nous nous surprenons mutuellement à braver la loi, corrigea Sandra.

— Non, pas cette fois, car j'habite à Chalvet, je suis donc à l'intérieur du kilomètre.

— Moi aussi !

— Oui, peut-être, mais je vous découvre en plein délit de faux en écriture, souligna Aurélien en riant, mais en reprenant instinctivement, devant les adolescents, le vouvoiement d'une distance respectable.

— Ne me faites pas croire que vous êtes resté à l'intérieur du kilomètre, rétorqua Sandra.

— J'avoue que non, admit Bourdeau faussement repentant. Et d'ailleurs, ajouta-t-il, je vais tout de suite générer une nouvelle attestation sur mon portable. Je suis adepte de la modernité, moi !

— C'est bien ce que je conseille toujours à maman, remarqua Romain, mais elle a peur de se tromper d'attestation en la présentant aux gendarmes, ou qu'ils regardent les autres, ou que cela soit enregistré dans un listing quelque part, ou que son téléphone n'ait plus de batterie…

— On est jamais trop prudent, confirma Sandra, mi-amusée, mi-vexée.

Ils conversèrent encore quelques minutes, avant qu'Emma rappelle qu'il faudrait peut-être se décider à rentrer, ou à changer de nouveau l'heure virtuelle de départ. Ils se séparèrent en riant et en se souhaitant de bonnes randonnées frauduleuses.

— Il est sympa mon ancien prof de physique, non ? lança Romain quelques centaines de mètres plus loin.

— Et mignon en plus, souligna Emma.

— Emma ! s'offusqua sa mère, il pourrait être ton père !

— Je ne vais pas le draguer, rassure-toi, mais cela ne m'empêche pas d'apprécier son apparence.

— Toutes mes copines de terminale fantasmaient sur lui, raconta Romain. Et certainement la plupart des femmes profs…

— Maman, ajouta Emma après un silence, nous savons que tu aimais papa très fort. Il me manque aussi tous les jours, j'ai souvent envie de pleurer en pensant à lui. Mais cela ne le fera pas revenir de lui rester fidèle, tu as le droit de songer à refaire ta vie !

— Oh, comme vous y allez ! s'exclama Sandra. Ce n'est pas échange standard, un prof de physique pour un autre ! Je ne le connais même pas, et puis, moi, les tombeurs…

— Je ne crois pas qu'il soit si tombeur que cela, dit Romain, je ne l'ai jamais vu se comporter en séducteur. Et puis papa était beau aussi et tu avais confiance en lui…

Sandra ne répondit pas, perdue dans ses souvenirs. C'est vrai, elle avait souvent remarqué le regard des autres femmes sur son mari, non sans un soupçon d'inquiétude. Mais si David était chaleureux, il restait imperméable aux sollicitations plus ou moins masquées de la gent féminine. Quelque chose d'indéfinissable dans les mots, dans l'attitude, les tenait à distance. Et puis, c'était si fort entre eux, leurs sentiments étaient si visibles, malgré les années passées ensemble, qu'ils décourageaient les initiatives d'éventuelles rivales. Son cœur se serrait encore à l'évocation de ce passé heureux. Comment nouer une nouvelle relation après un tel amour, sans être certaine d'être déçue ?

Romain vit l'ombre sur le visage de sa mère.

— Excuse-nous, nous ne voulions pas t'embêter avec ça. Tu referas ta vie quand tu voudras et avec qui tu voudras.

— C'est juste, ne put s'empêcher de remarquer Emma, que nous trouvons que vous allez bien ensemble.

— Emma, arrête ! ordonna son frère.

Sandra les saisit tous deux par la taille.

— Ne vous inquiétez pas, les rassura-t-elle, je suis heureuse d'avoir des enfants qui soient si compréhensifs et qui souhaitent mon bonheur. Mais pas de conclusions hâtives ! ajouta-t-elle avec un sourire.

Plaisantant toujours, ils atteignirent quelques minutes plus tard la porte de leur jardin, qu'ils ouvrirent en répétant leur maxime habituelle : « Encore une que les gendarmes n'ont pas eue ! »

Chapitre 6

Aurélien Bourdeau s'assit sur sa terrasse pour déguster une bière tout juste sortie du réfrigérateur en profitant du soleil encore chaud de cette soirée de printemps et du paysage dont il ne se lassait pas. Lorsque, quatre ans auparavant, il avait obtenu ce poste à la montagne dont il rêvait, après une longue remontée depuis les quartiers nord de Marseille, sa première affectation, en passant par Aix-en-Provence, Manosque et Digne, il avait déniché par miracle ce terrain bien situé et fait construire ce chalet, reste de fantaisie d'une enfance lyonnaise trop urbaine à son goût. Ses économies d'éternel célibataire et l'héritage de son père, décédé l'année précédente, lui avaient permis de s'offrir cette petite merveille de mélèze, sans trop avoir de travaux à effectuer lui-même. Sans être maladroit ni fainéant, il préférait, quand il le pouvait, consacrer son temps à courir la montagne, des Hautes-Alpes ou d'ailleurs.

Ce soir-là, quelque chose bouleversait son habituelle tranquillité satisfaite. Depuis son plus jeune âge, il n'avait rêvé que de sommets. Malgré ses résultats scolaires époustouflants, récoltés sans trop d'efforts, il n'avait pas réalisé la carrière brillante que ses parents avaient imaginée pour lui. Point d'École Polytechnique, ni d'ENA, ni d'École Normale supérieure : « Vous me voyez m'enfermer des années à Paris ? ». Il était allé passer ses années de faculté à Grenoble, tout en travaillant pour les financer, son père, furieux de son manque d'ambition, lui ayant coupé les vivres. Il avait testé d'abord toutes sortes de petits jobs pour étudiants, puis, dès qu'il en eut obtenu le diplôme, il avait exercé le métier de guide, pour joindre l'utile à l'agréable. Métier qu'il avait vite abandonné, sitôt l'agrégation réussie, désireux de choisir ses sommets et ses compagnons de cordée. Toujours cette irrépressible envie de liberté…

Quelques années plus tard, il s'était réconcilié avec ses parents, à l'occasion du mariage de sa sœur. Sa profession était, somme toute, honorable et sûre. Son frère, fraîchement diplômé de Centrale, et sa sœur, interne en pédiatrie, avaient comblé l'ambition qu'ils nourrissaient pour leurs enfants. Les retrouvailles avaient été cordiales et apaisées. Mais il s'était rendu compte, avec tristesse et amertume, qu'il ne les aimait plus. Peut-on ne pas aimer ses parents ? De son père, il avait guetté toute sa jeunesse des marques d'affection, qui se résumaient généralement à un sourire d'approbation lors de la lecture d'un bon bulletin scolaire, bonnes notes devenues peu à peu l'évidence attendue, ne méritant pas de félicitations particulières. De sa mère, il avait blâmé en silence la soumission à un mari despotique et froid. Une seule fois, il lui avait conseillé la révolte. Il s'était fait traiter d'idéaliste et elle avait conclu par un fataliste : « Et que voudrais-tu que je fasse sans lui ? Je ne travaille plus depuis bientôt vingt ans. » Une incompréhension mutuelle, une attente déçue n'avaient cessé de croître au fil des années. La relation était brisée. Il ne restait plus que des sourires de façade, dont chacun se contentait.

Et puis sa mère était morte, à cinquante-six ans, d'un cancer du sein. Avait-elle été heureuse ? Il en doutait. Ce qui l'avait attristé le plus, c'était ce sentiment de ne jamais l'avoir vraiment connue, de ne pas avoir percé le mystère de cette vie trop bien rangée. Avait-elle eu des rêves, trop vite étouffés dans l'œuf ? Avait-elle réellement aimé son mari, ses enfants ?

À l'enterrement de son père, vingt ans plus tard, il n'avait pas ressenti grand-chose, sinon la continuité de cette impression de gâchis. Tant de fois, il avait tenté de l'intéresser à ses exploits montagnards : des voies ouvertes au Népal, dans les Andes, sommets confidentiels, mais qui avaient tout de même fait l'objet d'articles dans des magazines spécialisés. C'était sa grande passion, le sens de son existence, mais cela avait tellement moins d'importance que le cours de la bourse ou le nouveau poste de son frère. Ses parents avaient nié ce qu'il était, ou plutôt n'avaient jamais cherché à le savoir.

Alors, non, une vie de couple avec des enfants ne l'avait jamais intéressé. L'exemple qu'il avait eu sous les yeux l'en avait dégoûté. Était-il égoïste pour autant ? Non, lui semblait-il. Il s'était toujours investi dans la réussite de ses élèves, même si les débuts avaient été pénibles, dans ces quartiers difficiles de Marseille, où la simple idée de transmettre des connaissances paraît une gageure. Après des semaines à parler dans le vide, ou plutôt dans le brouhaha, il avait tenté un coup de force : s'il parvenait à escalader, sans assurance, bien sûr, le mur du lycée jusqu'à la fenêtre de la classe, au quatrième étage, ses élèves écouteraient la suite du cours attentivement. Le proviseur en avait écumé de rage, mais il avait gagné son pari, l'estime de ces jeunes et avait suscité quelques vocations : il avait emmené grimper les plus attachants d'entre eux dans les Calanques, et l'un d'eux avait remporté quelques compétitions régionales. Il avait dorénavant pu enseigner dans un calme relatif, même s'il désespérait le plus souvent de leur faire acquérir le minimum de compétences attendues. Il avait testé toutes sortes d'innovations pédagogiques destinées à les motiver, sans beaucoup de succès, méthodes qui avaient fait merveille, plus tard, dans des milieux plus scolaires.

Il avait occupé aussi une bonne partie de son temps libre à équiper des voies d'escalade, dans les Calanques, puis le Verdon et enfin les Hautes-Alpes, achetant généralement le matériel sur ses deniers personnels.

Mais, c'était vrai, avec les femmes il avait sans doute été égoïste…

Déjà, à l'adolescence, sa silhouette sportive, son visage de statue grecque, ses yeux bleus, son abondante chevelure brune lui avaient conféré un attrait certain auprès des filles. Il n'avait guère eu besoin de les séduire : elles étaient venues se jeter dans ses bras, il n'avait eu que l'embarras du choix. Il n'avait d'ailleurs pas eu envie de choisir, pas eu envie de se fixer. Il avait cueilli ces moments agréables sans y accorder beaucoup d'importance, comme un jeu, comme l'exaltation d'une grande voie grimpée en tête. Elles étaient toutes très jolies, mais aucune n'avait fait battre suffisamment son cœur pour qu'il décide de renoncer aux autres, au grand désespoir de bon nombre de ses conquêtes. Il s'en était inquiété lui-même parfois : avait-il le cœur sec ? Mais il était trop vite emporté par un tourbillon de projets montagnards pour s'en tourmenter bien longtemps.

Plus tard, jeune enseignant, il avait été poursuivi par une horde de collègues entreprenantes et d'élèves enamourées, qui glissaient discrètement de petits mots dans sa trousse avant de sortir de cours ou se tortillaient devant lui en mini-jupe et décolleté plongeant. Il refusait par déontologie de répondre aux avances des unes et avait parfois commis l'erreur de céder à celles des autres, avec, l'histoire terminée, une ambiance détestable en salle des professeurs.

— J'en ai assez d'être beau, avait-il confié une fois, mi-amusé, mi-agacé, à un collègue.

— C'est facile, avait répliqué celui-ci. On peut arranger cela. L'étagère ne manque pas de flacons d'acide.

Sa réflexion n'était pas si futile. Il avait l'impression, quelquefois, de n'être pour les femmes qu'une belle coquille vide, dont on ne cherchait pas à découvrir l'intérieur, mais qui était la proie idéale à accrocher à un tableau de chasse.

À Digne, il avait connu Nathalie, une relation un peu plus stable que les autres, qui avait duré cinq ans et avait ainsi freiné son ascension vers le nord. Ils partageaient beaucoup de goûts communs, dont celui, essentiel, des sports de montagne, qui occupaient presque tous leurs loisirs. Pour la première fois, il avait rencontré une partenaire à sa mesure, agile, endurante, motivée. Qui, comme lui, affirmait ne pas désirer d'enfants. Et puis, quelques années plus tard, l'horloge biologique avait parlé et elle avait souhaité, comme ses amies, tenir un bébé dans ses bras avant qu'il ne soit trop tard. Il avait réfléchi quelque temps, car il lui était, lui semblait-il, profondément attaché. Mais il ne lui restait pas tant de belles années en pleine forme pour entreprendre de « gros trucs », telle cette expédition d'un mois en Patagonie que venait de lui proposer un ami guide. Combien d'années avant de pouvoir y emmener un enfant ? Quinze ans ? Plus ? Elle lui avait alors proposé d'y renoncer, elle, et d'attendre patiemment son retour. Mais il ne voulait pas engendrer d'enfants pour ne pas s'en occuper, pas avoir une compagne pour ne pas partager ces moments forts avec elle. Leur relation s'était peu à peu altérée et il avait accueilli comme une libération sa mutation pour Embrun. Depuis, retrouvant ses habitudes de célibataire endurci, il se contentait de conquêtes ponctuelles, en général lors de ses séjours à l'étranger, ou à l'extérieur du département, pour ne pas avoir à justifier ou assumer une rupture. Il n'en était ni fier ni honteux, ce choix semblait lui convenir.

Et puis il y avait eu le confinement. Des semaines de solitude à faire le bilan de cinquante ans de vie. Qu'avait-il accompli ? Que subsisterait-il de lui à part son nom sur quelques voies, fréquentées par les seuls spécialistes ? Son souvenir dans la mémoire de quelques élèves et des femmes qu'il avait tenues dans ses bras. Ce n'était déjà pas si mal, mais il restait comme un sentiment diffus de vide et d'inachevé. Une mélancolie tenace et indéfinissable.

Et tout à coup, cet après-midi-là, Aurélien avait de nouveau croisé la route de la jolie et touchante inconnue de Clos Jaunier. Cette fois, elle était accompagnée de ses enfants, dont Romain, le plus brillant de ses élèves de l'année précédente. Romain, le fils du collègue qu'il avait remplacé, décédé, d'après ce qu'on lui avait raconté, dans un accident de montagne. Il comprenait maintenant le visage rempli de larmes. Il revoyait cette famille unie et rieuse, ces beaux adolescents, un peu de leur père qui survivait. Il ne naîtrait vraisemblablement jamais de sa chair de jeune homme sensible et intelligent comme Romain, ni de jeune fille si jolie et vive que sa sœur, qui ressemblait beaucoup à sa mère. Et, pour la première fois, cela lui serra le cœur. Et, pour la première fois, il se demanda si la montagne, aussi splendide et passionnante soit-elle, valait la peine d'avoir renoncé à tout cela. Et, pour la première fois, quelque chose de plus violent que le plus violent des désirs, lui donnait envie de serrer cette femme dans ses bras et de sécher délicatement ses yeux verts…

Il retourna dans son bureau, ouvrit son ordinateur, retrouva avec un peu de mal les coordonnées des parents d'élèves de l'année précédente, qu'il n'avait toujours pas effacées.

Il hésita encore un long moment, le portable dans la main. Puis il composa le numéro comme on se jette à l'eau. Quand la voix de Sandra répondit, il proposa, en bredouillant légèrement : « Bonsoir, c'est Aurélien Bourdeau. Dites, cela vous dirait… enfin… ça te dirait de frauder avec moi, après-demain, du côté de l'Hivernet ? »

Chapitre 7

Angélique Colin attendit que son mari, affalé sur le canapé, une bière à la main, paraisse très occupé à commenter bruyamment le match de football diffusé sur une chaîne sportive pour quitter le dossier sur lequel elle travaillait (elle avait renoncé depuis bien longtemps à se plaindre de ce vacarme qui perturbait sa concentration) et se connecter à sa messagerie professionnelle. Elle se sentait comme une collégienne risquant d'être surprise à tout moment en flagrant délit de triche par un professeur sévère. Au milieu des mails sérieux de son patron, des questions de quelques subalternes débutants, de quelques posts amusants que ses collègues partageaient pour détendre l'atmosphère, un nouveau courriel non lu provenant de Vincent Delonge apparaissait en gras. Après un regard furtif en direction du salon, elle s'empressa d'y accéder d'un clic timide. Court, il ne consistait qu'en ces trois phrases : « Ici, la messagerie d'aide aux femmes en détresse, ouverte à toute heure du jour et, parfois, de la nuit. N'hésitez pas à vous confier dès que vous en aurez le loisir et l'envie. Mais, attention ! ce message et sa réponse s'autodétruiront. » Elle ne put s'empêcher de sourire. La défiance causée par des années d'humiliations revenant aussitôt l'envahir, elle se souvint que Fabrice, lui aussi, au début, l'avait séduite par son humour… Mais le restaurateur avait, lui, peu écrit, mis à part une série de SMS toujours plus entreprenants, petits mots vite devenus bien rares sitôt passé la bague au doigt. Elle resta un moment pensive devant son écran, n'osant se lancer et ne sachant par où commencer. Elle rédigea une entrée en matière un peu banale, puis, cachée, protégée par ce rideau virtuel, elle se libéra tout à coup et déversa tout ce qui pesait sur son cœur depuis tant d'années, sans vraiment réaliser qu'elle s'adressait à un quasi-inconnu. Elle n'en avait pas encore terminé lorsque, comme dans une brume, elle entendit siffler la fin du match. Rapidement, elle conclut son mail par :

« Je continuerai demain.

Amicalement.

Angélique »

L'envoyant en un éclair et revenant aussitôt à l'onglet contenant son dossier, elle était si angoissée par l'idée de se faire surprendre qu'elle ne s'interrogea pas sur la nature très intime de ses confidences ni sur cette salutation peut-être trop familière. La voix pâteuse et vulgaire, de l'autre côté du mur, l'appela : « Il se fait tard, ma poule, faudrait peut-être préparer à bouffer. »

Comme la première fois, avant le premier coup, elle eut, l'irrépressible envie de lui rétorquer : « Prépare toi-même le dîner, moi je travaille. » Mais la prudence (la soumission ?) la retint et elle se dirigea, silencieuse, vers la cuisine, après avoir éteint son ordinateur. Elle serait en retard dans son planning, mais qu'importe. Il lui semblait qu'une partie de son fardeau de tristesse et de désespoir s'était enfui dans les mailles du Net avec son mail.

L'équipe préférée de Colin avait gagné, les quatre bières fortes avalées l'avaient rendu presque aimable, la soirée se passa calmement. Une fois au lit, il chercha le corps de sa femme de ses mains avides et de ses habituels mots orduriers, censés exciter sa partenaire. Elle frémit de dégoût, mais se laissa faire pour avoir la paix. Quand il se fut endormi, satisfait, elle observa dans la pénombre cet étranger qui ronflait à côté d'elle. Elle l'avait pourtant tant aimé, presque idolâtré ! Mais est-ce bien lui qu'elle avait aimé ou le rêve mensonger auquel il lui avait fait croire ? Mettre toutes ces actions et tous ces sentiments par écrit lui avait permis un peu de recul. Elle ne savait pas encore comment sortir de cette situation étouffante et mortifère, mais elle commençait à en ressentir la volonté et un embryon de détermination.

Le lendemain, Fabrice Colin décida de se rendre dans sa brasserie. Une annonce gouvernementale aurait lieu dans quelques jours, la pandémie semblait faiblir, laissant envisager un déconfinement proche et, peut-être, une réouverture des restaurants. Il souhaitait estimer le stock de denrées, effectuer éventuellement quelques commandes. Mais il désirait aussi y rencontrer Audrey, sa serveuse préférée, avec qui il échangeait depuis quelques semaines des messages plutôt salaces… « M'attends pas pour déjeuner », prévint-il.

Angélique accueillit l'information de son absence avec une indifférence feinte. Tout en elle se réjouissait de ce répit inespéré.

Elle s'installa devant son ordinateur, dans la pièce qui aurait dû être la chambre d'enfant. Auparavant, y pénétrer lui serrait le cœur, en un mélange confus de mélancolie et de vague sentiment de culpabilité, culpabilité si souvent entretenue par son mari qu'elle s'inscrivait peu à peu dans son esprit. Depuis le début du confinement, elle s'y retirait afin de travailler en une relative tranquillité. Elle y avait ajouté un bureau et un fauteuil confortable. Fabrice n'avait pu s'empêcher d'émettre quelques commentaires acides, blessures de plus qui avaient saigné quelques heures. Mais, curieusement, ce jour-là, cette pièce ne lui semblait plus oppressante. L'idée de découvrir la réponse à son mail l'accaparait. Par prudence, elle s'efforça de se concentrer sur ses tâches pendant un bon quart d'heure, afin d'être sûre que son mari ne fasse pas soudainement irruption dans la chambre, prétextant un oubli quelconque. Mais comment aurait-il pu être jaloux, lui si convaincu de l'insignifiance de sa femme ? Elle se demandait d'ailleurs ce qu'il avait pu lui trouver, à part, peut-être sa fragilité facile à dominer, une mère « convenable » pour ses futurs enfants, la caution cultivée et distinguée qu'il exhibait lors de rencontres avec des clients prestigieux.

La durée précautionneuse écoulée, elle cliqua fébrilement sur sa boîte mail et y découvrit le message non lu de Vincent. Très développé lui aussi, il était d'une sensibilité et d'une justesse qu'elle n'avait pas le souvenir d'avoir connues, même chez ses meilleures amies. Il savait choisir les mots réconfortants, l'encourageait à agir pour se libérer de ses chaînes destructrices. Il lui confiait sa propre histoire d'amour malheureuse avec cette femme qui avait piétiné ses sentiments et ravagé son estime de soi. Il décrivait, avec un humour noir, son aveuglement, cet espoir stupide d'un renouveau du couple alors que le tréfonds de l'être est convaincu d'un échec irrémédiable. Il lui proposait son aide pour un éventuel dépôt de plainte ou une intervention immédiate, si elle se sentait en danger.

Elle s'appuya, pensive, contre le dossier de son fauteuil. Il lui semblait que la vérité lui était restée cachée pendant tout ce temps, mais que le rideau venait de se déchirer. Élodie et ses autres amis avaient donc eu raison, réticents dès le début de sa relation avec ce beau parleur. Elle s'était éloignée peu à peu de ses proches, pour ne pas entendre, croyait-elle, leur sempiternel refrain, mais c'était le refrain que lui criait son inconscient, c'était la honte de l'échec d'un faux espoir de paradis. C'était déjà assez pénible de mentir à ses parents lorsqu'ils l'appelaient ou, plus rarement, lui rendaient visite.

Son père était parti quinze ans plus tôt avec une femme guère plus âgée qu'elle. Elle avait un demi-frère qu'elle connaissait à peine. Avait-elle envie de connaître cet avorton gâté de treize ans, éternel insatisfait, qui ne levait les yeux de son portable ou de sa console de jeux que pour considérer les autres et le monde d'un air méprisant et renfrogné ?

Sa mère avait fini par se consoler depuis deux ans avec son ancien psychanalyste…

Ses parents filaient tous deux le parfait amour chacun de leur côté et se souciaient peu d'elle. Elle avait pourtant longtemps cru que, si elle avait été une fille plus brillante, plus chaleureuse, plus je-ne-sais-quoi, ils ne se seraient pas séparés. « Je me sens toujours coupable de ce dont je ne suis pas responsable. Pourquoi ? Je devrais peut-être consulter, comme ma mère », pensa-t-elle avec un sourire d'ironie amère.

Elle baissa à nouveau les yeux sur son clavier. Elle possédait encore quelques heures de liberté, mais elle ne devait pas gaspiller ce temps précieux à rêvasser, si elle désirait développer une réponse à ce mail si profond et si personnel, tout en ne négligeant pas son travail, dans lequel elle avait déjà accumulé trop de retard.

Par où commencer ? Elle le remercia de son attention, de sa délicatesse, s'étonna, avec un amusement feint, de sa sensibilité « pour un grand gaillard comme lui ». Elle lui raconta ses blessures de « jeune fille fantôme » (« même mes parents ne me voyaient pas »), toutes ces petites humiliations qui avaient créé le carcan dans lequel elle s'était enfermée, qui l'avait modelée au point de tant accepter de la part de son époux. Mais, pour la première fois, elle posa noir sur blanc les ébauches de sa libération : dès que le déconfinement le lui permettrait, dès que son mari serait absorbé toute la journée par son restaurant, elle entreprendrait les premières démarches de la séparation, irait consulter un avocat, se rapprocherait peut-être d'une association de femmes battues, quoi que cet aveu lui coûtât, pour recueillir des conseils utiles. Elle pressentait que la réaction de son mari serait très probablement hostile. Mais elle espérait que la reprise de son activité (et de ses relations extra-conjugales, dont l'idée la soulageait à présent) l'apaiserait.

Elle relut sa missive, afin de corriger quelques rares erreurs d'orthographe, mais sans se laisser le temps de réfléchir. « Mais pourquoi je lui raconte tout cela ? Tout ce que je n'ai jamais dit, même à ma meilleure amie, encore moins à ma mère ? » Non, surtout pas de censure, tant pis pour lui, il n'aurait pas dû s'introduire de force dans sa vie, s'il ne voulait qu'elle remue toute cette boue et lui la jette à la figure sans ménagement. Mais comme elle se sentait soulagée, légère ! Elle avait presque envie de faire sa valise et de partir tout de suite, de ne plus subir une minute de plus cet étranger qui lui était devenu odieux. Mais trop d'obéissance, de peur du gendarme la retenait : quelle case choisirait-elle donc sur son attestation ? En somme, elle n'avait pas l'âme frondeuse. Encore quelques semaines de patience… Et elle sentait, comme une protection, la présence rassurante de Vincent, tout près, sous son plancher. Voilà qu'elle l'appelait par son prénom, maintenant, incorrigible fleur bleue naïve. Mais elle s'accrochait désespérément à cette confiance qu'il lui inspirait. Elle décida, dans un acte lucide, de s'abandonner à cette confiance. Et si lui aussi la trahissait, trancha-t-elle, déterminée, tandis qu'un nuage noir traversait à nouveau son esprit, il ne lui resterait plus qu'à mettre fin à ses jours, à casser la trop longue chaîne de chagrins qui la brisaient peu à peu...

Pour secouer ses idées sombres, et par un sursaut de son audace toute neuve, elle conclut son message par ces phrases : « Quel dommage que je doive détruire votre mail ! J'en ai rarement reçu de si touchants ! »

Et elle ouvrit derechef ses dossiers professionnels, tentant tant bien que mal de s'intéresser à la future organisation du département des manuscrits.

Quelques minutes plus tard, un nouveau courriel se signala dans l'enveloppe, en bas de son écran. Elle ne résista pas longtemps et se hâta d'y diriger sa souris. « Ne vous inquiétez pas, répondait Delonge, je conserve les mails que je vous envoie. Quand vous serez plus libre, vous pourrez à nouveau parcourir ces petites merveilles de littérature, dont je vais bientôt vous adresser un autre échantillon ! » Le message était terminé par un smiley hilare qui la fit sourire et la remplit d'une bouffée de tendresse envers son expéditeur.

« Au travail ! » s'exhorta-t-elle à voix haute, sans grande conviction.

Chapitre 8

Sandra fut tirée du sommeil par les notes cristallines de l'alarme de son portable. Elle n'avait pas bien dormi, perturbée par ce qui, il fallait bien se l'avouer, s'apparentait à un rendez-vous. Elle ne s'était assoupie profondément qu'à l'aube et se sentait lourde et amorphe. Elle avait tant connu de nuits d'insomnie depuis la mort de David ! Pourtant, ces heures d'éveil forcé ne ressemblaient pas à cet énervement tourmenté subi ces dernières années. Une excitation inquiète, mais heureuse, une sorte de retour de la vie, bouillonnante, dans chacune de ses veines, un flot tumultueux qu'elle tentait vainement de raisonner.

Depuis combien de temps n'avait-elle pas badiné avec un homme ? Il y avait bien des hommes au club, plus que de femmes d'ailleurs. Mais c'était des amis de longue date, qu'elle avait connus du temps de David, qu'elle considérait presque comme des frères et pour qui elle n'éprouvait aucune attirance particulière. Certains avaient parfois tenté une approche discrète, un peu gênés de souhaiter remplacer ce bon camarade qu'ils avaient apprécié. Mais elle avait toujours esquivé adroitement. À quoi bon risquer de créer un malaise dans le groupe pour une relation vouée à l'échec à plus ou moins brève échéance ? Après David, c'était comme si on lui avait arraché le cœur, ou qu'il s'était desséché. Tous les autres lui paraissaient insipides et l'idée de l'amour n'était que nostalgie d'un passé révolu, ou, plus récemment, une aspiration vague envers un être sans visage, qui saurait lui emplir l'âme d'un sentiment absolu comme celui qu'elle avait éprouvé pour son mari. Mais, lucidement, elle évaluait la probabilité de ce genre de rencontre dans son département peu peuplé à un pourcentage proche de zéro.

Le jour de leur premier contact, Aurélien Bourdeau, malgré sa gaieté sympathique, l'avait secrètement et inexplicablement agacée : le tombeur peu fiable qu'il ne faut surtout pas côtoyer, de peur de se retrouver, quelques semaines ou quelques mois plus tard, le cœur brisé. Mais si ses signaux d'alarme s'étaient mis au rouge, n'était-ce pas que, cette fois, cet homme l'attirait, même si elle n'osait se l'avouer ?

Les sous-entendus de ses enfants entremetteurs n'avaient rien arrangé à sa perplexité. Elle se sentait peut-être prête pour une autre histoire d'amour, mais pas assez forte pour en souffrir, pas assez détachée pour se contenter d'un « plan cul ». Elle décida fermement de profiter sans en attendre grand-chose de cette présence chaleureuse et flatteuse, en jouant la complice d'actes prohibés, la bonne copine qui garde une certaine distance, qui observe et sonde, sans s'emballer.

« Hop, debout », se motiva-t-elle en sautant du lit. Malgré ses sages résolutions, elle réfléchit longuement avant de choisir son pantalon de montagne le plus seyant et un t-shirt joliment cintré. Elle se mentit en se convainquant que ce choix était uniquement dicté par les couleurs neutres des vêtements, permettant de se fondre dans le paysage en cas d'arrivée inopinée des forces de l'ordre…

Son petit déjeuner vite avalé, dans le silence matinal (ses enfants étaient encore au lit et elle ne souhaitait pas les réveiller), elle se composa un pique-nique léger qu'elle fourra dans son sac à dos, déjà préparé la veille. Rituel qu'elle espérait voir bientôt aboli, elle remplit son attestation en l'antidatant d'un bon quart d'heure, et dissimula le stylo effaçable dans la poche intérieure de son coupe-vent. Elle laissa un petit mot sur la table du salon : « Je vais faire une belle grosse rando, ne m'attendez pas pour manger. Il y a plein de restes dans le frigo. Bisous. »

Elle finissait de lacer ses chaussures sur le seuil de la maison lorsque Romain l'interpella, par la porte entrebâillée de sa chambre :

— Si tu patientes un peu, je pourrai venir avec toi !

– Non, j'ai envie de partir tout de suite ; à cette heure-ci, il y a moins de risques de contrôle et je ne reviendrai pas trop tard. Nous irons ensemble une autre fois.

— Dis-moi au moins où tu vas, qu'on ne s'inquiète pas, et je pourrai peut-être te rattraper.

— Au lac de l'Hivernet, avoua Sandra à contrecœur, et peut-être un peu au-dessus, s'il n'y a pas trop de neige.

— C'est peut-être un peu loin pour le boulot que j'ai à faire aujourd'hui, je vais voir…

— Et je n'ai pas envie de courir tout du long, rétorqua sa mère, soulagée par le renoncement de son fils.

— En tout cas, ne te fais pas prendre ! À moins de deux semaines de la fin du confinement, ce serait bête !

— Ne t'inquiète pas, je me fondrai dans le paysage, tel un sioux sur le sentier de la guerre, comme d'habitude !

— À tout à l'heure, squaw agile ! dit Romain en riant.

— Veille bien sur le tipi, renard rusé, répondit sa mère en refermant la porte.

Elle se sentait sur le point d'être prise en faute comme une adolescente. Si ce rendez-vous n'était qu'une randonnée entre vagues connaissances, pourquoi ne l'avait-elle pas avoué à son fils et, surtout, pourquoi n'avait-elle, pour une fois, aucune envie qu'il l'accompagne ? De nouveau, elle échafauda toute une série d'arguments : si Romain était là, ils ne pourraient pas échanger librement, et c'est parfois agréable de discuter entre adultes, et même de pouvoir « vider son sac » avec des personnes neutres, qui ne compatissent pas à vos malheurs et ne vous abreuvent pas de conseils. Elle l'avait fait une fois, en refuge, avec un inconnu, lors d'une de ces soirées un peu interminables. En bavardant avec lui pendant le repas, elle avait fini par apprendre qu'il était veuf lui aussi et ils s'étaient confiés longuement l'un à l'autre. Tout ce qu'on ne dit pas à ceux qui n'ont pas traversé cette épreuve et se dépêchent, gênés, de détourner la conversation. Lorsqu'ils s'étaient séparés pour rejoindre leurs dortoirs respectifs, il avait avoué en souriant : « Ça fait du bien, une petite réunion des veufs anonymes. » Elle lui avait souri en retour, un sourire un peu douloureux, mais complice. Ils ne s'étaient jamais revus, mais cela avait été une étape positive dans son deuil, plus efficace que plusieurs séances de psychothérapie.

Oui, elle voulait pouvoir parler de tout et de rien, mais aussi de choses profondes avec Aurélien Bourdeau, comme on le fait avec un ami, sans les oreilles indiscrètes de son fils. Et surtout ne pas subir les insinuations de ses enfants à son retour. Une envie folle de liberté l'envahissait tout entière.

Mais la liberté, pour l'instant, attendrait le 11 mai… Cette portion de route à longer l'angoissait toujours, elle ne pouvait s'y habituer. Malgré l'heure matinale qui réduisait la probabilité d'un contrôle, elle guettait le moindre bruit et ses yeux scrutaient les lacets en dessous d'elle. Lorsqu'elle entendit une voiture s'approcher et freiner à son niveau, elle eut du mal à réprimer une vague de panique.

— J'en connais une qui ne va encore pas rester dans le kilomètre ! s'exclama une voix ironique derrière elle.

C'était une de ses voisines qui partait faire ses courses.

— Ce n'est pas drôle ! répliqua Sandra, tu m'as fait une de ces peurs !

– Allez, c'est bientôt fini », l'encouragea gentiment la jeune femme en redémarrant.

« Facile à dire, songea Sandra, elle n'a jamais été très sportive et, avec ses deux bambins de six mois et deux ans, le tour du quartier lui suffit amplement ! » Elle savait qu'elle était injuste, que sa voisine aurait aimé faire rouler sa poussette le long du plan d'eau, pour changer, et croiser, même de loin, un peu de monde, mais c'était stupidement interdit. La colère et le désarroi l'envahirent à nouveau, qu'elle décida de chasser. Ce jour devait être réussi et positif !

Ils avaient convenu de se retrouver au carrefour des deux petites routes, près de la citerne. Il l'y attendait déjà, souriant et détendu. Le BG, comme disait Emma, portait une veste polaire d'un bleu profond, qui mettait ses yeux en valeur. Elle soutint quelques instants ce regard, en tentant de répondre à son salut de la manière la plus naturelle possible. Ils remontèrent à grands pas la portion de route qu'il restait à arpenter, rejoignirent la piste, où la végétation les dissimula bientôt. Ils se sentirent alors plus libres de deviser tranquillement. Ils évoquèrent le parcours prévu, les raccourcis praticables, puis, un peu plus haut, vérifièrent sur l'application si le chemin qui partait à droite était bien celui qu'ils avaient décidé d'emprunter. « Après, il y aura une bonne distance hors sentier, mais cela devrait passer », montra-t-il du doigt sur l'écran. Elle penchait sa tête vers la sienne pour suivre l'itinéraire et une boucle de ses cheveux blonds, soulevée par le vent, caressait la joue d'Aurélien. Et lui, le blasé de la séduction, qui croyait avoir fait le tour de la question, se sentait troublé comme lors de ses premiers émois. Mais elle s'éloigna assez vite, brisant cet instant de dangereuse proximité. Et ils continuèrent leur chemin, évoquant les futures études de Romain, le déconfinement proche et le retour tant attendu de toutes les activités de montagne.

— Tu grimpes toujours ? demanda Aurélien, regrettant aussitôt sa maladresse.

— Tu veux dire, rétorqua-t-elle, directe, le regard acéré, même si mon mari s'est tué dans une voie d'escalade ?

Et comme, gêné, il tardait à répondre :

— Oui, parce que c'est toute ma vie. Comme le ski de randonnée, l'alpinisme, tout ce qui m'emmène là-haut. Et puis grimper est une sorte de méditation. Quand tu cherches les prises, tu ne penses à rien d'autre. Cela fait un bien fou.

— Moi aussi, avoua-t-il, j'ai perdu des amis proches en montagne, mais je n'ai pas ralenti le rythme pour autant. Ce doit être notre drogue à nous…

Il ajouta, après un silence :

— Si, un jour, tu as envie d'en parler, n'hésite pas…

Elle considéra un instant le beau visage bronzé, qui lui parut grave et sincère, sans la superficialité commerciale du « moniteur de ski ». Elle laissa glisser sa défiance et sa timidité s'envola. Elle se sentit tout à coup curieusement à l'aise, comme avec ses vieux amis.

— Peut-être un jour, répondit-elle, mais aujourd'hui j'ai besoin de légèreté.

Malgré tout, un peu plus loin, elle ne put s'empêcher de confier :

— Bien sûr, je pensais que cela pouvait m'arriver à moi aussi. Mais je n'en avais même pas peur. Au début surtout, il m'était bien égal de mourir. Tu crois que c'est égoïste par rapport à mes enfants ?

— Je crois que c'est simplement humain.

— Mes parents me l'ont maintes fois reproché : tu te rends compte, tes enfants n'ont plus que toi, tu devrais arrêter tous ces sports dangereux… Heureusement, ils habitent en banlieue parisienne, cela me permet d'éviter les sermons au quotidien… Mes beaux-parents sont plus compréhensifs, surtout ma belle-mère, qui a fait pas mal d'alpinisme dans sa jeunesse. Mais, tu sais, le schéma classique : j'ai des enfants, j'arrête tout et je pouponne. Après je grossis, je ne suis plus entraînée, je me décourage, j'abandonne parce que le mari ne suit pas et que les enfants sont partis…

— Ah, les parents… J'aurais tant à raconter sur les miens… Mais c'est sûr qu'ils n'ont pas été à l'origine de ma passion pour la montagne : eux, c'était plutôt parcours de golf et voile à Deauville. Qu'on puisse sacrifier son ambition professionnelle pour « perdre son temps » sur les sommets était tout simplement inconcevable pour eux.

— Fils de bourge ? demanda-t-elle avec un petit sourire moqueur. Je m'en doutais un peu, avec le prénom d'empereur romain…

— Oui, j'ai honte, répondit-il avec un air faussement contrit. Ma mère, grande lectrice de Marguerite Yourcenar, voulait m'appeler Hadrien. Mon père n'aimait pas, fort heureusement. Elle a donc changé de monarque…

Ils cheminèrent un long moment en silence, écartant les ronces qui leur barraient le passage, franchissant les troncs abattus par la dernière tempête. Il la regardait à la dérobée. De tout son être émanait un étrange mélange de force et de fragilité : la finesse de ses poignets, mais la vigueur avec laquelle elle agrippait les branches, les larmes de Clos

Jaunier, mais la farouche détermination sous-jacente...

À la bergerie de l'Aiguille, ils rejoignirent le sentier du lac. Aurélien contempla sa compagne qui s'abreuvait avec délice de l'eau glacée de la fontaine. «J'adore quand c'est très froid», dit-elle en riant. Un peu au-dessus de la cabane, elle s'arrêta soudain à l'entrée d'une clairière. Le soleil filtrait entre les jeunes aiguilles vert tendre des mélèzes, puis inondait un champ de narcisses d'une blancheur immaculée. «Regarde comme c'est beau!», s'extasia-t-elle avant de sortir son portable pour prendre une photo. Il ne répondit pas, se contentant de sourire, béatement.

À l'approche du lac, les névés se firent plus abondants, ralentissant leur progression. Le lac était encore presque entièrement dissimulé sous un tapis neigeux, dont la clarté tranchait avec le gris bleu des eaux, l'outremer du ciel et la verdure des alpages déjà découverts.

Sandra mitraillait avec ravissement de tous côtés, nullement blasée par ce paysage pourtant contemplé de nombreuses fois en toutes saisons.

— Prête-moi ton portable, je vais te prendre, comme ça, tu seras sur la photo, proposa Aurélien.

— Photo compromettante, objecta-t-elle, amusée.

Mais elle lui tendit quand même son téléphone. Elle n'osa pas lui offrir d'en faire autant. Il n'osa pas lui demander de lui envoyer le cliché.

Ils restèrent assis un long moment l'un près de l'autre sur le gros rocher plat, au bord du lac, où le généreux soleil d'avril avait fait fondre la neige. Tout en dégustant leur pique-nique, qui avait un air de fête dans ce lieu de splendeur et de liberté, échangeant biscuits et carrés de chocolat (« c'est pas prudent, mais tant pis ! »), évoquant de nombreux souvenirs de sommets conquis. Fascinée par ses récits de hauts massifs lointains, elle le bombarda de questions, avant de l'écouter, muette et rêveuse.

— Je t'envie, avoua-t-elle finalement. Moi, je ne suis jamais sortie d'Europe…

— Je t'emmènerai, un jour, si tu veux…

Elle ne répondit pas à ce qui ressemblait si fort à une proposition de rapprochement plus intime, ce dont il prit conscience, légèrement gêné. « Rattraper le coup » en tentant humour et mise à distance n'aurait servi qu'à enfoncer le clou un peu plus. Il y eut un long silence embarrassé, pendant lequel Sandra s'interrogea : était-il, en définitive, le beau gosse dragueur qui profite de son aura d'aventurier ou… ? Tout en elle criait : « Oui, emmène-moi, j'ai envie de gravir un sommet dans les Andes, au Népal ou ailleurs, de découvrir avec toi tous ces paysages sauvages ! » Elle luttait contre cet enthousiasme qui grandissait en elle à une vitesse fulgurante, ce manque de prudence et de recul, cette familiarité périlleuse qui se créait d'heure en heure.

— Il va falloir quand même redescendre, décida-t-elle, pour dissiper la gêne.

Ils échangèrent peu de paroles sur le chemin du retour. Bourdeau se maudissait d'avoir peut-être tout gâché par trop de précipitation et Sandra tentait de démêler les sentiments contradictoires qui se bousculaient en elle.

Arrivés à la limite de la forêt, ils firent l'obligatoire et déjà presque traditionnelle « pause attestation ». Ils plaisantèrent quelque temps à ce sujet, ce qui détendit l'atmosphère. Puis, à l'embranchement qui allait les séparer, il lui demanda, presque timidement :

— On récidive dimanche prochain ?

— Pourquoi pas ? répondit-elle avec un franc et large sourire qui rassura Aurélien.

Il suivit des yeux quelques instants sa silhouette souple qui se hâtait le long de la petite route. Elle se retourna et lui fit un signe d'au revoir. À cet instant, il eut la certitude inexplicable d'un amour fou et définitif pour cette femme. Avait-il d'ailleurs été véritablement amoureux avant elle ? Il avait souvent, en quelques heures à peine, ressenti un désir furieux. Puis, une fois sa soif apaisée, la magie retombait, laissant place à l'ennui et l'incompréhension. Mais, en général, l'ennui n'avait guère l'occasion d'arriver, la distance se chargeant de dissoudre une relation tout juste ébauchée, qu'il ne s'occupait pas d'entretenir. Parfois, une vague nostalgie l'envahissait, la crainte d'avoir peut-être laissé filer une belle histoire. Mais cela ne durait pas plus de quelques jours. Dans le monde plutôt masculin de l'alpinisme, les femmes qu'il y croisait n'avaient d'ailleurs que l'embarras du choix : elles y rencontraient quantité d'hommes au physique attrayant et partageant leur passion pour les sommets. Souvent, pas plus que lui, elles n'avaient l'intention de se fixer, ce qui rendait leur relation plus légère et soulageait la conscience de Bourdeau.

Il avait l'intuition qu'il n'en serait pas de même pour Sandra et, en aucun cas, il ne souhaitait la blesser, rajouter de la souffrance au malheur.

Il n'était même pas sûr, a posteriori, d'avoir vraiment aimé son ancienne compagne Nathalie. Elle avait été une douce habitude, une attirance transformée en liaison stable, qu'il avait laissée peu à peu s'installer dans sa vie. Jamais, il n'avait ressenti pour elle ni pour aucune autre cette ardeur fébrile, presque immature qu'il éprouvait pour Sandra, cet envahissement complet de l'esprit, où le désir avait moins de place que l'élan du cœur. Sa lucidité, son recul d'homme mûr n'y pouvaient rien. Cette femme totalement inconnue deux semaines plus tôt, dont il ignorait encore presque tout, occupait malgré lui la majorité de ses pensées.

Il s'interrogea sur ce biais que représentait peut-être le confinement, ce besoin de lien véritable, de fuite de la solitude. À moins que cette période de réclusion lui ait permis, justement, de faire le bilan de son existence et de sa vacuité, malgré la quantité d'expériences riches et stimulantes qu'il y avait emmagasinée ?

Il décida de se donner le temps de laisser grandir cette relation unique et prometteuse sans en brusquer le cours, pour s'accorder le loisir de la jauger et ne pas entraîner sa compagne dans une voie sans issue dévastatrice. Mais, déjà, il sentait que ces bonnes résolutions seraient probablement difficiles à tenir…

Chapitre 9

Le samedi 2 mai 2020, Angélique Colin quitta le lit conjugal vers sept heures, ne supportant plus les ronflements sonores de son mari, ne supportant plus, tout simplement, sa présence. Elle s'installa confortablement dans le canapé pour se plonger dans un bon livre, de peur que le bruit d'une douche, d'une lessive lancée ou de son petit déjeuner ne réveille Colin et le rende de mauvaise humeur dès le matin. Une semaine encore à tenir et, plus libre de ses déplacements, elle pourrait entreprendre les démarches en vue du divorce. Si nécessaire, elle irait se réfugier chez sa mère, même si cette perspective ne la réjouissait guère. Elle entendait déjà ses répliques : « Pourquoi quittes-tu un homme avec une si belle situation ? Il a pourtant l'air si gentil ! Et il cuisine si bien ! Il faut être un peu indulgente, il est si affecté de ne toujours pas avoir d'enfant ! Vous devriez peut-être d'abord tenter une thérapie de couple ? »

Quant à son père, il profiterait probablement de sa confortable retraite pour emmener sa dulcinée en voyage sitôt le confinement levé. Et, de toute façon sa belle-mère l'exaspérait tant, avec ses minauderies d'adolescente attardée, son inculture crasse et sa perfidie tenace, qu'elle n'envisageait pas de passer plus d'une demi-journée sous son toit...

D'ailleurs, la promotion sociale et les apparences semblaient importer le plus à ses géniteurs. Ils étaient malgré tout fiers, ces habitants d'une petite ville mayennaise, de la réussite parisienne de leur fille, de son poste dans la prestigieuse bibliothèque, mais surtout de son « beau mariage », de l'appartement dans le quartier chic, du restaurant à succès de leur gendre... C'était bien la seule chose sur laquelle ils étaient encore d'accord. Elle s'attendait donc, de chaque côté, à des conseils lourds et mal venus, voire à des réflexions acides.

Cependant, où aller qui soit assez loin pour dissuader, au moins provisoirement, le très probable désir de vengeance de son époux ? Occupé par la prochaine réouverture de son établissement, il n'entreprendrait pas, espérait-elle, de trajets de centaines de kilomètres pour la harceler. Tandis qu'à Paris et sa région, il en serait tout autrement...

Ses camarades d'enfance, elle s'en était détachée peu à peu. D'ailleurs, leurs liens n'avaient jamais été très étroits. Raconter ses déboires de femme battue à une connaissance perdue de vue depuis vingt ans ? Pas très attrayant, ou alors curiosité malsaine...

De nouveau, l'angoisse et le sentiment d'impasse venaient la saisir à la gorge. Elle ne pouvait plus se concentrer sur sa lecture. Pour y échapper, elle décida d'agir ; d'utiliser pour la première fois depuis le début du confinement son heure d'activité physique quotidienne autorisée.

Le plus silencieusement possible, elle retourna dans la chambre, tira doucement des tiroirs une tenue de sport, s'habilla dans la salle de bain, fouilla furtivement dans le placard de l'entrée pour y dénicher ses baskets, oubliées depuis trop longtemps, fourra son porte-monnaie dans sa poche pour payer le pain et les croissants, sa manière de se « faire pardonner » son escapade. Pourquoi le craignait-elle autant ? N'était-ce pas son droit de prendre l'air ? Elle ne souhaitait pas dévoiler pour l'instant sa velléité d'indépendance et il s'y mêlait un insidieux sentiment de culpabilité, car elle sentait confusément que son voisin du dessous n'était pas étranger au retour d'une esquisse de confiance en soi. Cela se voyait-il sur son visage ou dans son attitude ?

Aurait-il le culot de la soupçonner, l'autre, avec ses maîtresses affichées ? Elle savait malheureusement que, depuis la nuit des temps, il y avait un important décalage entre les conduites « autorisées » des femmes et des hommes…

Angélique commença à trottiner dès le bout du parking et décida tout à coup, crânement, elle qui n'avait pas fait de sport depuis si longtemps, de courir tout autour du parc de Sceaux. Puisqu'on ne pouvait y pénétrer, elle se lancerait ce challenge !

À petites foulées déterminées, elle progressait sur les bandes piétonnes qui longeaient les avenues. Elle croisa quelques joggeuses matinales qui lui sourirent avec un air de connivence, et elle se demanda soudain pourquoi elle n'avait pas entrepris plus tôt cette salutaire pratique de la course à pied.

Au collège et au lycée, elle avait détesté ces interminables tours de piste qui lui rappelaient le mouvement sans fin et désespéré d'un écureuil dans la roue de sa cage. Mais, élève scolaire et disciplinée malgré elle, elle mettait un point d'honneur à courir sans s'arrêter durant le temps imposé. Elle avait parfois été l'une des seules à y parvenir, mais cela passait en général inaperçu, car son rythme lent ne lui permettait pas d'éblouissantes performances. Elle s'en moquait, d'ailleurs. Elle avait rempli son contrat de travail bien fait.

Plus tard, elle avait à l'occasion accompagné une amie ou des collègues lors d'un jogging le long de la Seine, dans un parc parisien ou en forêt. Si elle avait mieux apprécié ces parcours plus variés, le rythme soutenu de ses partenaires plus entraînés, dont elle n'avait osé se plaindre, avait ravivé ses complexes et l'avait rapidement découragée.

Mais, finalement, courir seule en choisissant sa vitesse et son circuit, pourquoi pas ? À cet instant précis elle ne s'interrogea pas au sujet de la réaction de son mari à l'annonce de cette nouvelle activité. Mari pour combien de temps encore, d'ailleurs ? Il lui semblait que c'était son couple qu'elle fuyait ainsi, à petites foulées, et vers la liberté qu'elle courait.

Une voix derrière elle la fit sursauter : « Alors, on se remet au sport ? Bravo ! C'est excellent pour la santé… et pour le moral ! »

Le premier moment de surprise inquiète passé, elle avait tout de suite reconnu le timbre de Vincent. Elle se tourna vers lui et lui sourit.

— Il me semblait bien que c'était vous que j'avais vu sortir de l'immeuble en tenue de sport, reprit-il.

— Vous n'allez pas m'accompagner bien longtemps, j'ai un rythme de tortue !

— Mais la tortue a battu le lièvre ! rétorqua-t-il en riant. Et je sais aussi courir doucement…

— Je me suis posé le défi de faire le tour du parc, répondit-elle. Mais je ne suis pas sûre de réussir en une heure…

— Mais si, vous devriez y parvenir. Vous en avez déjà parcouru plus du quart. Et je vais vous encourager !

Elle lui adressa un regard de reconnaissance complice et reprit son trottinement régulier, stimulée et légèrement troublée par cette haute silhouette qui progressait à ses côtés. Quelques centaines de mètres plus loin, Delonge s'enquit prudemment :

— Au fait, nous allons parfois dépasser le rayon d'un kilomètre, cela ne vous fait pas peur ?

— Bah, tant pis, répondit-elle, étonnée de sa propre témérité, je ferai la gourde en disant que je ne savais pas…

— Mais, au moins, vous avez rempli votre attestation ?

— Oh, non ! Zut ! J'ai complètement oublié ! s'exclama-t-elle, soudain anxieuse.

— Ne vous inquiétez pas, nous sommes seuls dans la rue, générez-la tout de suite et personne n'en saura rien. Et voyez le côté positif de l'étourderie : vous avez gagné vingt bonnes minutes.

Angélique sortit son portable et, un peu fébrile, ouvrit l'application pour se mettre en règle avec les directives gouvernementales.

— Voilà ! annonça-t-elle, satisfaite, quelques instants plus tard : vous avez raison, j'ai triché de vingt grosses minutes, cela devrait me laisser le temps de faire le tour !

Ils reprirent leur parcours, la mine joyeuse, emplis d'une légèreté qu'ils n'avaient pas éprouvée depuis le début du confinement. Ils couraient en silence, côte à côte, et parfois se tournaient l'un vers l'autre pour échanger un regard complice.

Une demi-heure plus tard, le circuit presque achevé sans rencontre embarrassante avec les forces de l'ordre, Angélique s'arrêta devant la boulangerie du quartier :

— Je vais ramener des croissants, cela le mettra de bonne humeur, prévint-elle avec un sourire gêné, merci de m'avoir accompagnée. Je suis contente d'avoir tenu la distance !

— J'en ai été ravi. Vous voyez que vous avez des ressources ! Il faut juste vous entraîner plus régulièrement. Je n'ai d'ailleurs pas de leçons à vous donner, moi aussi j'avais abandonné le jogging depuis des mois, mais notre liberté future m'en a fait retrouver le goût.

Ce qu'il n'avouait pas, c'est que lorsqu'il avait aperçu, à sa grande stupeur, sa voisine traverser la cour en trottinant, il s'était empressé d'enfiler un short et des baskets pour lui emboîter le pas.

— C'est vrai, je vais m'y mettre, répondit-elle, résolue. Le tour de ce matin m'a motivée. À bientôt !

Angélique avait encore le sourire aux lèvres en sortant du magasin, mais celui-ci s'effaça peu à peu en approchant de l'immeuble. Dans l'escalier, sa joyeuse humeur s'était muée en angoisse sourde : comment son mari allait-il réagir à son absence, à cette subite envie de pratiquer le sport ?

Elle le découvrit à peine levé, se dirigeant vers la cuisine. Son regard détailla les paupières tombantes, les cheveux gras, déjà grisonnants, un peu dégarnis sur le dessus, le ventre bedonnant qui dépassait du pyjama débraillé… Elle se demanda comment elle avait pu un jour le trouver attirant, en devenir amoureuse. Malgré elle, son esprit le compara avec la silhouette jeune et sportive de Vincent…

— Tiens, fit Colin, étonnamment cordial, tu as ramené des croissants, bonne idée !

Puis, s'avisant soudain de sa tenue :

— Alors, comme ça, tu t'es mise au jogging ? Tu n'as pourtant pas besoin de perdre du poids !

Attention, si tu continues, tu auras des hanches de mec et la poitrine de Jane Birkin !

Elle ne releva pas, trop habituée, la réflexion désobligeante.

— J'avais envie de bouger un peu, de prendre l'air, de voir de la verdure…

Elle se dirigea vers la douche, sans attendre une réponse éventuelle.

Lorsqu'elle revint dans la cuisine, il avait déjà terminé son petit déjeuner. Il la lorgna soudain, le regard allumé : « Ça te va bien, le sport, tu es plus appétissante que d'habitude. » Et il s'approcha d'elle pour la caresser, ne laissant aucune équivoque sur ses intentions. L'idée lui vint un instant de le repousser, mais elle redoutait un nouvel accès de violence. Masquant sa répulsion, elle se jura que c'était la dernière fois. Dans une bonne semaine, elle serait débarrassée de cette vie de crainte et de mensonge. Il la prit sur la table, croyant sans doute ainsi pimenter leur relation sexuelle. Comme d'habitude, ce fut désagréable, son époux ne songeant qu'à son propre plaisir, mais fort heureusement court.

La journée se passa sereinement, lui regardant la télévision, son immanquable bière à la main, elle lisant, en tailleur, dans son fauteuil à l'autre bout du salon, sourde et aveugle à autre chose qu'au déroulement de l'intrigue et à la musique des mots. C'était son refuge depuis l'enfance.

Dans la soirée, au grand étonnement de sa femme, Fabrice Colin proposa de préparer le dîner. Il mitonna en effet des petits plats délicats et succulents, comme Angélique n'en avait pas mangé depuis longtemps. Pendant le repas, il fut jovial et prolixe, tel l'homme qu'elle avait rencontré. Mais le charme n'opérait plus. Il était trop tard, même si, par miracle, son mari conservait dorénavant ces bonnes dispositions. Trop de coups, d'humiliations, de souffrance avaient tué définitivement les sentiments.

Après une évocation enthousiaste de la prochaine réouverture de son restaurant, de la partie traiteur et livraison à domicile qu'il souhaitait développer, Angélique compris tout à coup la raison de cette journée presque harmonieuse et de cette subite gentillesse, lorsqu'il lui annonça, à brûle-pourpoint :

— Mais pour tout cela, pour compléter le crédit que va me faire la banque, j'ai besoin que tu me prêtes cinquante mille euros.

Éberluée, abasourdie, elle lui répliqua :

— Mais ce sont toutes les économies que j'ai rassemblées depuis le début de ma carrière !

— Tu n'en as pas besoin, puisque je te loge ici princièrement. Et je vais te les rendre vite, parce que mes livraisons vont avoir un succès fou !

— Tu ne peux pas demander à ton père ?

— L'auberge des parents ne va pas bien. Un restaurant en Moselle, tu parles ! Surtout en ce moment…

Elle se souvint de sa première visite chez ses beaux-parents, sympathique couple de restaurateurs lorrains. Tout leur corps était d'une rondeur chaleureuse et ils l'avaient accueillie à bras ouverts. Leur petit établissement campagnard n'avait pas le clinquant de celui de leur fils, dont ils étaient si fiers, mais on y mangeait bien et les clients, provenant des deux côtés de la frontière franco-allemande, s'y pressaient. Après leur retraite, la sœur cadette de Fabrice et son mari, cuisinier lui aussi, reprendraient l'auberge.

Elle avait apprécié ses beaux-parents, qui, bien involontairement, avaient fait partie du piège de ce mariage dans lequel elle était tombée. Des personnes si ouvertes, si simplement bienveillantes, ne pouvaient qu'avoir engendré un fils à leur image. Plus tard, les questions insistantes de sa belle-mère l'avaient embarrassée : « Alors, notre petit-fils, c'est pour quand ? » Elle ajoutait toujours, pour édulcorer : «Mais cela peut aussi être une petite-fille !» Elle gardait malgré tout une indéfectible gentillesse qui avait maintes fois réconforté Angélique, même après que son couple fut devenu une parodie grimaçante du bonheur. Est-ce cela aussi qui avait endormi sa volonté ? Devant ses parents, Fabrice se montrait un époux irréprochable. Comment leur expliquer que la réalité du quotidien était tout autre ?

Colin prit l'instant de flottement de sa femme, perdue dans ses souvenirs, pour un prélude à l'acquiescement, et s'enquit :

— Alors, c'est d'accord ?

Ce fut le coup de tonnerre qui la réveilla de sa rêverie et de huit ans d'une relation nocive et vouée à l'échec.

— Non, répondit-elle, sans songer aux conséquences de ses paroles, je ne te prêterai pas cette somme, parce que c'est fini, je demande le divorce.

Il la dévisagea un instant, incrédule et stupide. Il l'avait toujours connue docile et cette subite révolte le laissait pantois.

Elle eut pendant quelques secondes le loisir de se repentir et de s'effrayer de son imprudence :

pourquoi n'avait-elle pas joué l'épouse soumise quelques jours de plus ? Pourquoi n'avait-elle pas fait mine d'accepter, puis tenté habilement de gagner le temps nécessaire pour se mettre à l'abri ?

— C'est une blague ? demanda-t-il, un rictus arrogant et ironique sur les lèvres, tellement sûr de son emprise.

Elle ne pouvait plus reculer et n'avait jamais su mentir. Malgré la peur qui lui nouait les entrailles, elle confirma :

— Non, je m'en vais, je n'en peux plus de ta violence.

La colère tordit soudain la bouche de Colin. Il la saisit brutalement par le bras, lui hurlant au visage :

— Il y a quelqu'un d'autre, c'est ça ? C'est pour ça que tu t'es mise au sport ? Tu l'as déniché où ? Sur une appli de rencontres ? C'est pour ça que tu es toujours fourrée sur ton ordi ?

— Je n'ai besoin de personne pour avoir envie de te quitter, s'entendit-elle répondre, de nouveau étonnée de sa maîtrise d'elle-même et de sa résistance.

Il se précipita dans le bureau, se saisit de l'ordinateur portable de sa femme, le posa sans ménagement sur la table du salon.

— Je suis sûr que je vais trouver des choses intéressantes en fouillant là-dedans !

Calmement, elle déplia l'écran, inséra le mot de passe.

— Je t'en prie, ne te gêne pas.

Il parcourut fébrilement les fichiers et les boîtes mail, en vain, pendant quelques minutes. Tranquille, elle l'observait. La crainte l'avait soudain quittée. Elle le méprisait. Peut-on craindre quelqu'un qu'on méprise ?

Excédé par son inutile recherche, il se tourna vers elle et lut ce dédain dans les yeux d'Angélique. Cette remise en cause de sa supériorité, la perte du contrôle qu'il exerçait sur elle l'exaspéra totalement. Il fondit sur elle, la saisissant par la chevelure, la forçant à s'effondrer sur le canapé, la maintenant et l'écrasant de tout le poids de son corps.

— Tu te crois maline ? éructa-t-il. Mais je vais bien arriver à te faire cracher le morceau ! Alors, qui c'est, qui c'est ?

— Il n'y a personne ! protesta-t-elle en tentant de se dégager pour s'enfuir, de nouveau envahie par l'angoisse et craignant pour sa vie.

Il se mit à la couvrir de gifles et de coups de poing, questionnant sans relâche :

— Alors, qui c'est ? Tu vas l'avouer ?

Il finit par la saisir par le cou, submergé par une haine farouche. Elle se débattait, affolée, persuadée de vivre ses derniers instants. Comme ils étaient loin, les sentiments de gaieté et d'insouciance éprouvés le matin même !

Il se reprit à temps, songeant soudain que s'il la tuait, il irait en prison sans toucher l'argent. Non, mieux valait l'effrayer, la soumettre de nouveau pour la faire céder. Il la lâcha, se releva, se saisit de l'ordinateur, le lança violemment au sol et acheva de le fracasser à coups de pied. Puis, sur la commode, il s'empara du téléphone portable de sa femme et, après avoir rapidement cherché les indices d'un supposé amant, le massacra de la même manière. Hébétée et effarée, elle le regardait faire sans qu'un son puisse franchir ses lèvres.

Il récupéra ensuite le sac à main de son épouse, débrancha le téléphone fixe, qu'il prit sous son bras, verrouilla la porte d'entrée, dont il confisqua les clés.

Avant d'aller s'enfermer dans la chambre conjugale, il la menaça :

— Tu pourras sortir d'ici quand tu m'auras fait le virement de cinquante mille euros ! Et si tu cherches à te barrer ou à me jouer un sale tour, je te tue ! Je m'en fous, je n'ai rien à perdre !

Combien de temps resta-t-elle prostrée sur le canapé ? Un vide sidéral lui emplissait le cerveau et elle ne parvenait plus à réfléchir. Mais, lentement, germa l'idée que Vincent avait sans doute entendu les chocs et les cris, qu'il allait venir ou appeler la police. Elle s'accrocha désespérément à cette idée comme un noyé à sa branche.

En effet, quelques instants plus tard, des coups légers retentirent contre la fenêtre du balcon. Vincent, son piolet à la ceinture, se tenait derrière la vitre.

Elle fit coulisser doucement la baie.

— Ça va ? interrogea-t-il, effaré par le visage tuméfié de la jeune femme et les traces bleuâtres autour de son cou. J'ai prévenu la police, mais je vais rester les attendre avec vous.

— Non, chuchota-t-elle, cachez-vous sur le balcon si vous voulez, au cas où, mais ne vous montrez pas pour l'instant ! Je ne veux pas qu'il fasse le lien entre nous deux ! Il croit que j'ai un amant !

Le sentiment d'urgence ne leur laissa pas le loisir d'être gênés par cette révélation. Il se dissimula derrière le mobilier de la terrasse, aux aguets, et elle referma la fenêtre le plus silencieusement possible. Tendant l'oreille, elle craignit que son mari n'ait entendu leur conversation. Mais elle ne perçut que le son du téléviseur de la chambre. Elle se rassit prestement dans le canapé, espérant une intervention rapide de la police.

Quelques interminables minutes s'écoulèrent, puis on frappa lourdement à la porte et une voix impérieuse se fit entendre : « Police, ouvrez ! »

Dans un réflexe de survie, Angélique bondit du canapé et se précipita dans l'entrée avant que son mari puisse la devancer.

— Je ne peux pas ouvrir, il a confisqué la clé ! Je vous en prie, aidez-moi ! supplia-t-elle.

Colin comprit qu'il n'avait aucun intérêt à faire la sourde oreille et laisser défoncer la porte. Il accourut et, repoussant Angélique dans l'ombre du couloir, il déverrouilla la serrure et accueillit les agents en tentant de reprendre l'avantage.

— Mais non, mais non ! C'est ma femme qui délire ! Elle devient paranoïaque ! Vous savez, le confinement, à force…

— Ce n'est pas ce que m'a raconté votre voisin, rétorqua l'officier de police, en entrant d'autorité dans le logement.

Angélique s'avança et les policiers relevèrent immédiatement les traces de coups sur son visage.

— Et ça, insista l'officier, c'est de la paranoïa peut-être ?

— Mais oui, persista le cuisinier, comme je vous l'ai dit, elle fait des crises de délire où elle se tape la tête contre les murs, les meubles…

Une jeune policière s'était approchée doucement d'Angélique. Elle prit la parole, montrant les marques rouges sur le cou de la victime :

— Elle s'étrangle aussi toute seule, sans doute !

Colin resta un instant sans trouver de répartie, puis tenta de nouvelles dénégations, mais l'officier, sortant ses menottes, lui ordonna :

— Vous allez nous suivre, monsieur.

— OK, OK, pas besoin des menottes, je viens ! Mais c'est n'importe quoi ! Je suis un restaurateur connu de tout Paris, pas un abruti des banlieues !

— Il n'y a pas de classe sociale privilégiée pour battre sa femme, remarqua sèchement la policière.

Pendant que l'officier et un agent accompagnaient Colin vers la voiture garée au bas de l'immeuble, la policière et un autre de ses collègues parcouraient l'appartement. Ils découvrirent aussitôt l'ordinateur et le téléphone dont les restes désarticulés jonchaient le sol.

— Il les a cassés, parce que je lui ai annoncé notre séparation et qu'il en a conclu que j'ai un amant, expliqua Angélique d'une faible voix sourde.

Sans mot dire, les deux agents prirent des photos de la pièce. Puis la policière conseilla avec ménagement :

— Vous devez faire soigner vos blessures et faire constater les violences par un médecin. Nous vous emmenons tout de suite, si vous voulez.

Observant le regard effrayé d'Angélique :

— Ne vous inquiétez pas, vous ne serez pas dans la même voiture que votre mari. Mon chef va en appeler une autre.

La jeune femme récupéra son sac à main dans la chambre et suivit docilement les policiers, soulagée de ne pas rester seule dans l'appartement dévasté. Au dernier moment, elle songea à ouvrir à Vincent, qui attendait sur le balcon.

— Je suis monté pour intervenir, si vous n'étiez pas arrivés à temps, expliqua-t-il aux policiers.

Ceux-ci regardèrent, un peu étonnés, le piolet qu'il tenait encore en main.

— Pour défoncer la vitre si besoin…

— Nous récolterons aussi votre témoignage, annonça la policière à Delonge. Vous pourrez passer demain matin.

— Je peux aussi vous accompagner ce soir, proposa-t-il, ce sera fait, et je n'aurai pas besoin d'attestation.

La policière, que la remarque de l'informaticien amusait, hésita un instant.

— Moi aussi, je souhaite faire ma déposition ce soir, renchérit Angélique, mais uniquement si je ne suis pas mise en présence de…

— N'ayez aucune crainte, nous vous entendrons seule.

Une voiture, gyrophare allumé, arrivait sur le parking de l'immeuble, et ils s'y installèrent, Angélique à l'arrière, entre la policière et Vincent.

— Que s'est-il passé cette fois ? souffla-t-il quelque temps plus tard, tandis que le véhicule parcourait les rues désertes. Il se reprocha aussitôt de cette question intrusive et maladroite. Mais elle lui répondit de sa voix ténue, brisée, presque machinale :

— Il voulait m'emprunter une grosse somme d'argent, mais j'ai refusé et lui ai annoncé que je voulais divorcer.

— Vous auriez peut-être dû vous mettre en sûreté avant de le lui annoncer…

— Je sais, mais cela a été plus fort que moi.

— Vous auriez surtout dû venir porter plainte plus tôt, intervint la policière. Vous avez eu la chance d'avoir un voisin vigilant.

— De nombreuses femmes ont porté plainte plusieurs fois et sont mortes quand même, remarqua Vincent avec amertume.

Il y eut un long silence gêné.

Vincent sentit l'épaule de sa voisine s'appuyer légèrement contre son bras.

Il était plus de minuit quand un taxi les déposa devant leur résidence. Angélique avait tenu à porter plainte, avant tout soin médical. Malgré les encouragements des agents à consulter en premier lieu, elle n'en avait pas démordu. Dans un petit bureau confortable et sécurisant, elle avait exposé à une policière calme et empathique ces années d'enfer quotidien, et l'escalade des violences depuis le début du confinement. On l'avait rassurée : son époux serait tout d'abord gardé à vue, puis très certainement incarcéré pour violences conjugales, tentative d'assassinat et menaces de mort. Elle avait reçu la plaquette d'une association de femmes battues, qui pourrait l'épauler dans son parcours.

Vincent, lui, avait été entendu par le commandant, qui lui avait avoué la grave crise qui avait ébranlé le commissariat, deux ans plus tôt, après le meurtre d'une femme par son compagnon. Celle-ci était venue pourtant plusieurs fois implorer le soutien des forces de l'ordre, sans être réellement prise au sérieux. Après la plainte de sa famille indignée, quelques responsables avaient été mutés et l'ensemble des effectifs avait suivi une formation à l'accompagnement des victimes de violences conjugales.

Aux urgences, l'attente ne s'était pas éternisée. Le recul de l'épidémie de COVID, l'absence presque totale d'accidents de la route ou de conséquences de beuveries du samedi soir, la crainte des malades de se rendre à l'hôpital, de peur d'y contracter le virus, avaient considérablement réduit le nombre de patients à traiter. La présence des policiers avait également accéléré la prise en charge d'Angélique Colin.

Le médecin avait tenu à lui faire subir un bilan complet, et quelques radiographies, pour déceler d'éventuelles fractures. Il souhaitait même la garder en observation jusqu'au lendemain. Elle avait refusé catégoriquement. Rester enfermée durant des heures dans une chambre d'hôpital, seule avec ses angoisses aurait plus d'effets négatifs que bénéfiques sur son état. Elle était ressortie avec un arrêt de travail de deux semaines et l'idée fixe de quitter la région parisienne au plus vite.

Elle confia ce désir à Vincent dans le hall de l'immeuble.

— Vous ne pouvez pas conduire dans cet état ! se récria-t-il.

— J'ai pensé que vous pourriez peut-être m'emmener chez ma mère, hasarda-t-elle en lui jetant un regard suppliant.

— Je croyais que vous ne vous entendiez pas vraiment avec votre mère ?

— C'est vrai. Mais je n'ai personne d'autre à solliciter qui habite suffisamment loin de Paris.

— Moi, je peux vous proposer une meilleure solution : ma sœur possède une grande maison dans les Hautes-Alpes. Elle vous y accueillera volontiers et vous serez encore beaucoup plus loin de Paris, hors de portée de ce malade, s'il venait à être libéré plus tôt que prévu. Et l'air pur de la région vous fera du bien !

Une perspective nouvelle s'ouvrit soudain dans l'esprit d'Angélique : un séjour à la montagne, espace presque inconnu qu'elle avait eu si peu l'occasion de découvrir. Les vacances de son enfance s'étaient invariablement déroulées au bord des plages de Normandie, de Bretagne, parfois d'Espagne ou de la Côte d'Azur. Il avait bien eu un voyage touristique mené au pas de course par ses parents en vallée de Chamonix (Mer de Glace, aiguille du Midi…) et en Suisse vers l'âge de douze ou treize ans. Une catastrophique semaine aux sports d'hiver avec son premier petit ami, où elle avait tenté vainement de rester en équilibre sur ses skis, s'était terminée par la rupture de leur relation et l'avait brouillée avec les espaces verticaux et enneigés.

Mais Vincent avait les yeux si brillants en énonçant sa proposition ! Il semblait détenir les clés du paradis ! Et il avait raison, dans cette région éloignée et peu peuplée, qu'ils n'avaient jamais évoquée ensemble, Colin n'irait pas la chercher. Elle avait tant besoin de prendre de la distance avec le théâtre de son cauchemar ! Elle se serait réfugiée au fond d'un désert ou au cœur de l'Antarctique pour s'assurer de ne plus voir reparaître la face haineuse de son mari.

— Pourquoi pas ? acquiesça-t-elle. Mais pouvons-nous partir tout de suite ? L'idée de rester ici une nuit de plus me donne envie de vomir…

— Bien sûr, je rassemble juste quelques affaires. Voulez-vous que je vous accompagne pour récupérer les vôtres ?

— Non, merci, je crois que cela ira.

Elle ne put malgré tout s'empêcher de frissonner en franchissant la porte de son appartement, comme si son bourreau allait surgir pour tenter à nouveau de l'étrangler. Elle s'empressa d'allumer toutes les lampes comme pour chasser un fantôme. Sur le plancher gisaient encore les cadavres de son ordinateur et de son téléphone. Elle hésita à récupérer la carte mémoire de son portable, mais elle avait si peu de bons souvenirs à conserver. Autant faire table rase… Colin l'avait prise jusque-là pour une gourde insignifiante et impressionnable. Il n'avait pas jugé utile de la surveiller. Si Vincent et la police n'étaient pas intervenus dans son existence, le piège, potentiellement mortel, se serait refermé peu à peu. Elle s'éclipsait à temps pour s'évanouir sans laisser de traces.

Elle hésita une seconde fois en poussant la porte de la chambre. Les souvenirs de violences et de viols y rôdaient toujours… Résolument, elle sortit sa plus grande valise du placard et y rangea ses habits préférés. Elle ne reviendrait plus, malgré les affirmations réconfortantes des policiers, qui l'assuraient de l'incarcération de son époux et de l'interdiction qui lui serait faite de s'approcher du domicile conjugal. Comme si, une fois libre, cela devait l'arrêter ! Et puis cet appartement était le sien, qu'il souhaiterait récupérer ou vendre. Et en aucun cas elle ne pourrait rester une minute de trop dans ces lieux oppressants ! La brigade du quartier avait encore quelques progrès à faire en psychologie de la femme battue…

Dans un sac de voyage, elle rassembla ses livres fétiches, quelques objets qui lui tenaient à cœur, le carnet où elle notait les moyens mnémotechniques qui lui permettaient de retenir ses mots de passe… Sa chance, dans son malheur, était d'avoir épousé un fat peu doué en informatique. Trop orgueilleux pour reconnaître la supériorité intellectuelle de sa compagne et pour la suspecter, trop peu formé pour manigancer des pièges numériques.

Comme une ultime provocation dont elle ne put s'empêcher, elle déposa son alliance sur la table de chevet de Colin. Puis elle sortit avec soulagement, prenant soin de refermer la porte à double tour, de peur d'être accusée de vol en cas de cambriolage. Elle glissa le jeu de clés dans l'enveloppe qu'elle venait de préparer dans son bureau et qui contenait un message adressé aux policiers : « Je pars me mettre à l'abri. Voici les clés du domicile de mon mari. Angélique Colin »

Au rez-de-chaussée, elle retrouva Vincent, déjà prêt, avec une valise et un gros sac à dos.

— Pourrions-nous passer rapidement devant le commissariat ? Je souhaiterais glisser les clés de l'appartement dans la boîte aux lettres. Je veux qu'il y ait une preuve que je ne les ai pas gardées.

— Si vous voulez… Mais j'aurais préféré éviter le plus vite possible les risques de contrôles.

— Avec le reçu de ma déposition et mon certificat médical, nous devrions échapper aux ennuis.

— Je l'espère… mais cette nuit, nous contournerons au maximum les endroits stratégiques.

Après un bref arrêt devant le commissariat, dont une seule fenêtre brillait dans le quartier désert et endormi, ils s'éloignèrent peu à peu de la capitale. Vincent avait décidé d'emprunter tout de même l'autoroute dans un premier temps, afin de ne pas transformer le trajet en un périple interminable.

Aucun agent ne se présenta et les kilomètres défilèrent sans encombre. La jeune femme, assommée par les anxiolytiques reçus aux urgences et dont les nerfs soulagés se relâchaient, s'était assoupie. Aux premières lueurs de l'aube, au nord de Lyon, Delonge quitta l'autoroute.

— J'ai besoin de dormir un peu, expliqua-t-il à sa passagère, qui ouvrait un œil, sinon nous allons avoir un accident.

Encore à moitié somnolente, elle le considéra un moment en silence.

— Pardon de bouleverser votre vie.

— Ne vous excusez pas ! Je suis ravi de retrouver ma sœur et ses montagnes ! J'aurais sans doute lâchement attendu le déconfinement pour cela, mais, à une semaine près, ça ne devrait pas poser trop de problèmes… Nous avons déjà parcouru plus de la moitié du chemin. Je vais mettre une alarme dans deux heures, pour ne pas laisser nos amis les képis bleus se réveiller avant notre passage…

Elle lui sourit, d'un pauvre sourire qui tirait sur sa lèvre blessée, mais qui respirait l'espoir.

Il se gara quelques kilomètres plus loin, à l'abri des regards, sur une piste forestière à l'écart de la route départementale. Toute autre qu'Angélique aurait eu un mouvement de recul et d'inquiétude, seule au milieu de la campagne, à la merci de ce quasi-inconnu. Mais la jeune femme avait expérimenté que le réel danger pouvait venir de celui qui avait promis devant le maire de vous porter secours et assistance… Et puis, comme quelques jours plus tôt, elle acceptait cette fatalité : elle n'avait plus rien à perdre. Si cet homme, en qui elle avait placé son ultime confiance, abusait de sa faiblesse, alors à quoi bon vivre ? Le monde serait définitivement pourri et l'espoir inutile.

Il ouvrit le hayon de son break et déplia un gros matelas de protection pour l'escalade en bloc. Les sièges arrière rabattus et le vaste coffre offraient un bel espace de couchage. Il repoussa les bagages, étala une couverture et s'étendit avec un bâillement.

— Si vous voulez vous rendormir un peu, il y a encore de la place, suggéra-t-il.

Puis, gêné de sa proposition, qu'il jugea soudain malvenue, il se hâta de préciser :

— Mais si vous préférez rester sur le siège passager, vous pouvez l'incliner plus, vous serez quasiment allongée. Ou alors, on échange, je prends votre siège et je vous laisse le matelas.

— Non, non, protesta-t-elle, vous avez besoin de vous reposer !

Elle hésita encore un instant.

— Après tout, vous avez raison, je vais tester votre matelas.

Elle sortit de la voiture, puis pénétra par une porte arrière pour venir le rejoindre. Il s'écarta au maximum pour ne pas avoir à la toucher lorsqu'elle s'allongea à ses côtés, ce qui la rassura et la vexa légèrement tout à la fois.

Il sombra rapidement dans le sommeil et elle entendit sa respiration lente et tranquille, comme une berceuse, comme un havre de protection. Elle finit par l'imiter et se laisser vaincre par la fatigue.

Le jour qui pénétrait par la fenêtre et éclairait son visage la réveilla, une bonne heure plus tard. Elle s'appuya sur un coude pour observer son compagnon, encore endormi. Dans son sommeil, il s'était rapproché, à la frôler. Allongé sur le dos, ses traits harmonieux détendus, il ressemblait à un bel Hercule, assoupi après avoir réalisé ses douze travaux. Inexplicablement, elle, que tout contact masculin aurait dû, selon les théories et les statistiques, effrayer et rebuter, ressentit un désir brûlant pour cet homme, une envie de se lover contre lui et de le caresser. Elle se redressa pour observer son visage dans le rétroviseur et cette vision calma aussitôt ses ardeurs. Son œil gauche était entouré d'une large auréole bleuâtre, sa joue droite, violacée, avait doublé de volume et sa lèvre, gonflée et fendue, était couverte de croûtes sanguinolentes. Sans parler des marques sur son cou…

Elle se sentit monstrueuse et repoussante. Au mieux, elle faisait pitié. Vincent était un homme profondément gentil qui ressentait de l'empathie pour d'elle. Elle avait besoin de sa douceur et de sa bienveillance pour surmonter ces temps difficiles. Elle ne devait pas tout gâcher en l'assaillant d'un désir qu'il ne pourrait partager, lui le superbe athlète qui devait faire battre bien des cœurs.

Pour prendre du recul, elle songea aux théories psychologiques de son beau-père, au fameux triangle victime/bourreau/sauveur. « C'est normal de

s'amouracher du sauveur, le scénario classique… »
Mais là, le bourreau et le sauveur ne l'étaient pas au
sens figuré…

L'alarme du portable de Vincent la tira de ses
considérations relatives au cerveau humain. Le
colosse se réveilla aussitôt, apparemment frais
comme un gardon.

— Bien dormi ? Bon, c'est reparti pour
l'aventure ! s'exclama-t-il joyeusement en se glissant
entre les sièges pour reprendre la place du
conducteur.

Amusée, Angélique l'imita pour rejoindre la
place du passager. Comme la vie pouvait être simple
et tranquille avec cet homme-là !

Sur les routes encore presque désertes, ils
poursuivirent leur chemin sans être inquiétés. Avec
un soulagement peut-être prématuré, ils dépassèrent
le panneau indiquant la limite des Hautes-Alpes. Par
sentimentalisme, Vincent avait choisi ce
département pour figurer sur sa plaque
d'immatriculation. Il se félicitait à présent de ce
choix, qui leur éviterait peut-être un contrôle et les
incontournables justificatifs à fournir face à des
fonctionnaires plus ou moins souples et
compréhensifs.

Par mesure de précaution, Delonge emprunta quelques chemins de traverse, pour esquiver les passages classiques, où se rassemblait la circulation, et ils atteignirent ainsi le lac de Serre-Ponçon sans avoir aperçu l'ombre d'un gendarme. Émerveillée, Angélique observa le petit îlot et sa chapelle, perdus au milieu des eaux turquoise, ces murailles rocheuses qui se dressaient au-dessus des prés verdoyants et des bois sombres, cette calme et miroitante étendue aquatique qui invitait à la contemplation. Ce fut tout à coup comme si les évènements de la veille au soir s'évanouissaient dans la brume d'un cauchemar diffus, très loin, si loin de cette splendeur. Un autre monde, comme celui des romans pour adolescents. Elle souhaita ardemment être enfermée dans ce monde-là, sans plus aucun accès vers son ancien univers.

— C'est quand même mieux d'être confiné ici qu'à Paris ? plaisanta Vincent. D'ailleurs ma sœur n'arrête pas d'enfreindre les consignes ! Je parie qu'à cette heure-ci, elle est déjà partie quelque part en randonnée.

— Elle ne s'est jamais fait prendre ?

— Non, elle a des stratagèmes très élaborés ! Et la montagne est trop grande pour pouvoir être surveillée partout.

Après avoir traversé Embrun, puis remonté la route étroite et tortueuse, Vincent gara sa voiture devant une maison ancienne parfaitement restaurée, mélange réussi de pierre et de bois. Angélique descendit du véhicule et admira le jardin fleuri et le panorama grandiose.

— Je crois que je ne vais pas pouvoir repartir, souffla-t-elle.

— C'est le danger qui guette quand on vient ici, répondit Vincent en riant.

Chapitre 10

Ce dimanche-là, Sandra proposa à Romain et Emma de l'accompagner en montagne. Elle souhaitait éviter un tête-à-tête périlleux et tester Bourdeau : ses enfants prenaient une place importante dans sa vie, même si, presque adultes maintenant, ils approchaient de l'envol de l'indépendance. Lui, le célibataire endurci, qui lui avait avoué, l'autre fois, ne jamais avoir désiré d'enfant, trouverait-il autant de charme à sa compagnie s'ils randonnaient tous les quatre ?

Mais elle se heurta à une fin de non-recevoir :

— Ah non, maman, mercredi, on t'a accompagnée pour faire un peu de sport tous ensemble, mais là, on a l'overdose ! explosa Romain. Clos Jaunier, belvédère de la Para, Clos Jarry, les Seyères, on finit par connaître tous les sentiers et les raccourcis par cœur ! Lundi prochain, c'est la fin du confinement, je te promets de te suivre où tu veux, à condition que cela change un peu !

— Tu n'es pas fâchée, maman ? demanda Emma, câline, en entourant de ses bras le cou de sa mère.

– Non, je vous comprends ; moi aussi, je commence à tourner en rond et à avoir envie d'autres points de vue, mais j'ai besoin de bouger mes gambettes ! Alors, qui sait, je vais bien trouver une petite variante…

— Bonne chance, lui souhaita ironiquement son fils.

Mais il ajouta, plus tendre :

— Profites-en bien quand même !

Sandra, toute à ses réflexions paradoxales, se retrouva presque machinalement devant la prise d'eau qui leur servait de point de rendez-vous. Elle n'avait même pas eu l'occasion de craindre l'approche d'un véhicule de gendarmerie. D'ailleurs, elle espérait qu'à quelques jours de la levée des contraintes, les agents locaux ne feraient pas d'excès de zèle.

Aurélien était, lui, naturel et enjoué, avec un air de gamin méditant un mauvais coup.

– Comme c'est peut-être notre dernière randonnée avant la fin du confinement, je te propose de monter au mont Guillaume par l'arête est ; j'ai vu qu'elle était dégagée. C'est un peu raide, il y a pas mal de hors sentiers pour éviter les pistes et le parking des Muandes, où nos amis des forces de l'ordre adorent nous attendre, mais l'aventure ne te fait pas peur, non ?

— C'est une grosse bavante, mais pourquoi pas ? Cela changera. Mes enfants me disaient tout à l'heure qu'ils en avaient assez de refaire toujours les mêmes circuits. Et je les comprends !

— Alors, je réfléchirai à une idée qui pourrait leur plaire, dès la libération, hors de l'Embrunais pour les dépayser un peu ! Nous pourrions aussi aller grimper tous ensemble ?

Sandra, pensive, dévisagea un instant son compagnon. Cette proposition était une étrange réponse à ses doutes au sujet de Bourdeau. Il leur suggérait simplement cette sortie en commun, comme une évidence d'ami qui englobe toute la famille dans sa sympathie. Ou était-ce une ruse de séducteur malin qui cherche à toucher la mère en elle ? La vérité se révélait-elle dans l'outremer, sous les sourcils noirs ? Comment savoir ? Elle choisit cette fois de reporter les questions sans réponses à plus tard.

— Bonne idée ! acquiesça-t-elle avec enthousiasme. Cela devrait les motiver !

Et elle le suivit, le cœur léger, sur les pistes, les sentes, à travers les taillis dont les branches acérées griffaient ses bras nus. Elle avait anesthésié son cœur si longtemps pour l'empêcher de saigner, qu'il avait une brûlante envie de battre, de crier sa joie, de se moquer de la prudence, du besoin de certitudes, de la frilosité.

Elle ne pouvait se retenir de détailler furtivement le large torse, dont les muscles saillaient sous l'étoffe du t-shirt, les longues jambes bronzées, les contractions des mollets et des quadriceps. Étudier la carte en frôlant son épaule faisait surgir en elle des vagues de désir oubliées depuis des années, qu'elle tentait d'étouffer par l'autodérision « ce doit être le printemps ».

Lorsqu'ils atteignirent le sommet, après la raide montée dans les éboulis de l'arête parsemés de névés, ils eurent ensemble une petite exclamation de victoire et de défi des interdits, suivi d'un grand éclat de rire.

Puis Sandra sortit son portable, afin de prendre une photo du panorama, à envoyer à ses enfants. Elle fut surprise d'y trouver un message de Romain, et encore plus étonnée de son contenu.

— Tiens, remarqua-t-elle à voix haute, mon frère vient de débarquer chez nous avec une jeune femme inconnue… Il aurait enfin retrouvé l'amour ?

— Le confinement favorise parfois les rapprochements, répondit malicieusement Aurélien.

Sandra soutint un instant son regard en souriant, mais ne releva pas. Ils s'adossèrent au mur de la chapelle pour manger leur pique-nique.

— J'ai fait des petites quiches, annonça Aurélien, en tirant de son sac des tartelettes appétissantes.

— Je suis confuse, je n'ai rien prévu de spécial… Si, je peux partager ma tablette de très bon chocolat noir.

— Si c'est le même que l'autre jour, ce sera parfait !

Ils prirent le temps de savourer leurs provisions, en échafaudant des projets de sorties à réaliser dès la liberté retrouvée, en imaginant une description de la fameuse inconnue et le scénario de sa rencontre avec Vincent. Entre deux éclats de rire, Sandra songea qu'elle se sentait si proche de cet homme, si merveilleusement sereine et enthousiaste avec lui qu'elle n'avait plus envie de se poser de questions existentielles. Et si elle saisissait la joie au jour le jour ? *Carpe diem…* Maxime qu'elle avait si peu eu l'occasion d'appliquer, toujours inquiète de l'avenir et de ses aléas. « Je n'ai pas grand-chose à te dire, chantait Indochine, car j'imagine toujours le pire et le meilleur me fait souffrir… » Pourquoi ces mots avaient-ils souvent trouvé un écho en elle, bien avant que le pire fût arrivé ? Prémonition ? Ou simple angoisse qui avait parfois gâché des moments de grâce ?

— Bon, décida-t-elle, pour échapper à ses dilemmes, il est temps de descendre voir à quoi ressemble la belle inconnue !

— Tu me raconteras ?

— Bien sûr !

C'est aux environs des Fontaniers, sur un bout de piste qu'ils n'avaient pu éviter, qu'ils perçurent le vrombissement d'un moteur qui approchait. Après un rapide regard de concertation, ils bondirent dans le talus en contrebas, dévalèrent quelques mètres, pour se mettre à l'abri d'un épais taillis qui leur égratigna au passage bras et mollets.

Accroupis l'un contre l'autre, ils entendirent le véhicule rouler sur la piste au-dessus d'eux sans ralentir. Aurélien tendit le cou pour l'apercevoir qui empruntait le lacet suivant. C'était bien une voiture de gendarmerie !

— Tu crois qu'ils nous ont vus ? chuchota Sandra, anxieuse comme une écolière désobéissante.

— Non, ils se seraient arrêtés et nous auraient cherchés.

— On reste caché encore un peu quand même…

Aurélien se tourna vers sa compagne, dont la cuisse nue s'appuyait contre la sienne. Elle avait de grands yeux effrayés, des cheveux ébouriffés où s'emmêlaient feuilles et branchettes.

— Tu sais que tu es jolie quand tu as peur des gendarmes, remarqua-t-il d'une voix qu'il aurait souhaitée plus dégagée et amusée, mais qui trahissait son attirance.

Sa frayeur estompée, elle prit conscience, elle aussi, de la proximité de leurs corps, et du regard avide dont il l'enveloppait. Une onde chaude et tourbillonnante lui parcourut le bas-ventre, contre laquelle elle n'avait plus envie de lutter. Est-ce lui qui se pencha vers ses lèvres ou elle qui se releva légèrement pour l'embrasser ? Ils n'auraient su le dire. La main qu'il glissa sous son t-shirt lui brûla la peau. Elle l'entoura de ses bras, remonta ses doigts, frôlant le large dos, courant le long des muscles. Très vite, ils s'étendirent, sur leurs habits, étalés en désordre sur les feuilles mortes. Protégés des regards par les branches du taillis, ils se couvraient de caresses et de baisers insatiables.

Plus aucun souvenir, nostalgique ou douloureux, ne venait les hanter, plus aucune crainte ou hésitation n'entravait leur plaisir. Elle dut se contenir pour ne pas crier lorsque monta la jouissance, d'une violence nouvelle, qui la secouait toute entière.

Malgré le désir intense qui l'habitait, Aurélien garda la lucidité de fouiller dans la poche supérieure de son sac à dos pour en extraire un préservatif.

— Ah, observa Sandra, on avait tout prévu ?

— Non ! protesta-t-il, munitions de célibataire endurci qui restaient dans mon sac… et je ne voulais pas risquer que tu me repousses parce que je n'aurais pas pu me protéger.

Sandra apprécia cette attention, ce souci de sa santé. À vrai dire, elle avait vécu si longtemps en couple, puis si longtemps seule, sans désir ni espoir de relation, qu'elle avait complètement occulté cet aspect hygiénique d'un rapport sexuel. Et comme elle ne souhaitait pas gâcher cet instant par de quelconques considérations, elle se saisit du préservatif.

À cheval sur ses hanches, elle déballa la protection et, après de douces caresses qui le firent gémir, l'enfila sur le sexe dressé de son partenaire. Elle se noya dans les si beaux yeux bleus, où elle lisait sa victoire, puis le laissa lentement glisser en elle, les lèvres sur la peau bronzée de son torse.

Quand ils reposèrent, enfin apaisés, l'un contre l'autre, Aurélien contempla longuement sa compagne, dont le corps souple et gracieux s'emmêlait au sien, puis il lui souffla dans l'oreille : « Tu vas peut-être trouver cela prématuré… » Elle tourna la tête vers lui pour déchiffrer son visage, grave et tendre à la fois. « Mais… reprit-il d'une voix un peu tremblante, je t'aime. »

Elle lui mit un doigt sur la bouche.

— Tu n'es pas obligé de me dire cela pour me rassurer…

— Je n'ai jamais été aussi sincère de toute ma vie. D'ailleurs, je crois qu'avant toi je n'avais jamais vraiment aimé. Je n'étais pas un moine non plus, je ne vais pas te le cacher. Les relations à long terme n'étaient pas pour moi. J'ai essayé une fois… Je me suis laissé aimer, j'ai parfois répondu « je t'aime », pour avoir la paix, mais avec toujours un peu l'impression de mentir… Mais toi… j'ai comme le cœur qui déborde, ou qui va exploser…

— C'est peut-être l'isolement de la COVID, tu n'as pas approché de femme depuis trop longtemps, présuma Sandra.

Ne pas perdre la tête pour ne pas souffrir…

— C'est la question que je me suis posée au début, mais j'ai déjà connu de grandes périodes d'abstinence.

— Si, si ! reprit-il en riant, devant le regard incrédule de sa compagne. Pourtant, je n'ai jamais rien ressenti de comparable… Tu n'aurais rien risqué, même sans préservatif, je me suis toujours protégé lors de mes rapports sans lendemain, par respect pour mes partenaires, mais aussi parce que je savais qu'elles non plus n'étaient pas des anges ! Avec toi, c'est différent, j'ai envie d'abandonner assez vite ce latex peu romantique. Mais, pour te rassurer, je préfère te montrer d'abord un joli bilan sanguin négatif en bonne et due forme.

— Je dois avouer que je ne t'aurais pas repoussé. Je suis sans doute naïve… ou inconsciente. D'ailleurs, tu ne risques rien de mon côté non plus. Nous avons fait les analyses classiques, mon mari et moi, pour l'examen prénuptial. Je ne l'ai jamais trompé, lui non plus, je pense. Et depuis…

Il devina la suite de la phrase dans son regard mélancolique.

Soudain sérieux et inquiet :

— Mais toi ? Tu ne me crois pas ou…

Elle posa une main, douce, sur sa joue. S'abandonnerait-elle, s'oublierait-elle dans les yeux de myosotis ?

— Je brûle d'envie de te croire, je brûle d'envie de te crier que je t'aime, mais j'ai tellement peur que tout cela retombe comme un flan, tellement peur que tu te lasses… Je ne suis pas une aventurière ni une alpiniste célèbre, je suis juste une petite instit, qui fait un peu de montagne, parce que c'est sa passion…

Il lui sourit et toute la tendresse du monde logeait dans ce sourire. Il la serra encore plus étroitement dans ses bras et l'y berça longuement en silence.

— Je l'aime mon aventurière, dit-il enfin, qui brave les forces de l'ordre pour assouvir sa passion ! Je n'ai pas besoin d'une femme qui rehausse mon ego, non merci ! Je ne sais pas ce dont j'ai besoin, d'ailleurs… Si, peut-être, d'être aimé sincèrement, pour moi-même, pas pour une image… Je n'avais aucun plan avant de te rencontrer. Ma vie insouciante me convenait. En amour du moins, j'étais une sorte de vieil ado indomptable…

— Tu m'as fait mûrir d'un coup, ajouta-t-il.

— Laisse-nous tout de même le temps de nous connaître avant de t'emballer, conseilla Sandra, qui refusait de perdre tout à fait la raison. Il y a à peine trois semaines que nous nous sommes rencontrés !

— Tu ne crois pas au coup de foudre ?

— Oh, que si ! mais…

— Pas de mais ! rétorqua-t-il en lui couvrant le cou et les épaules de baisers.

Elle se dégagea en riant.

— Il doit être tard, mon frère et son invitée mystérieuse m'attendent sûrement avec impatience.

— Tu préfères la curiosité à l'amour ? demanda-t-il, faussement vexé.

— Non, mais je remplis mes obligations familiales.

Elle accompagna sa réponse d'un baiser langoureux sur la bouche de son amant.

— Tu es trop raisonnable, reprocha-t-il.

— Tu vois, tu commences déjà à regretter !

— Pas du tout ! riposta-t-il en la saisissant de nouveau dans ses bras.

Elle savoura encore un moment la douceur de ses caresses, avant de s'échapper pour terminer de se rhabiller.

Ils rejoignirent la piste, non sans avoir jeté un regard circonspect avant de s'y engager. Il aurait été trop stupide de se faire piéger à présent ! Main dans la main, ils retournèrent à la prise d'eau, modifièrent leurs attestations, qu'ils avaient complètement oubliées, dans le feu de leur désir, et se séparèrent à regret, après un dernier baiser.

— Tu vas être bien occupée ces prochains jours, supposa-t-il, en mettant un peu d'ordre dans les cheveux emmêlés de sa compagne.

— Je trouverai bien une occasion de m'échapper, promit-elle avec un sourire coquin.

— J'espère bien !

Il la regarda s'éloigner, bondissante et gracieuse, sur le sentier. Comme il l'avait avoué une heure plus tôt, son cœur débordait d'amour pour cette femme, et c'était tellement fort et nouveau qu'il en était désorienté. Il ne savait plus vraiment qui il était, homme mûr et expérimenté ou adolescent tremblant et maladroit. Sa vie ballottait, comme dans le rapide d'une rivière en crue. Mais elle était plus lumineuse qu'un soleil.

Chapitre 11

En rentrant chez elle, Sandra trouva son frère assis sur le canapé, en grande conversation avec ses enfants.

Il s'élança à sa rencontre et lui appliqua deux baisers sonnants sur les joues. Puis il s'écarta d'elle pour l'observer.

— Le confinement te va à ravir, remarqua-t-il, malicieux. Tu es plus bronzée que d'habitude et tu as l'air en pleine forme, même si ta coiffure laisse un peu à désirer.

— On, commença-t-elle, avant de corriger très vite, j'ai dû me cacher dans des buissons, car une voiture de gendarmerie montait sur la piste, à bien plus d'un kilomètre d'ici.

Romain et Emma avaient remarqué l'erreur de pronom personnel. Ils échangèrent un regard entendu et un sourire de connivence.

— Ma sage grande sœur est devenue rebelle ! constata Vincent.

— Seulement depuis le confinement, précisa Sandra. Je ne peux pas me passer de ma dose de nature, de sport, de beaux paysages. C'est vital !

— Mais d'ailleurs, reprit-elle, Romain m'a annoncé que tu étais arrivé en bonne compagnie. C'était une blague ?

— Non, c'est vrai. Une jeune femme est bien venue avec moi. Ce n'est pas ma petite copine, mais ma voisine. Pour l'instant, elle se repose dans la chambre d'amis. Assieds-toi, je vais te raconter.

— Il y a des hommes que j'aurais envie de frapper, voire de châtrer à vif ! s'exclama-t-elle, révoltée, lorsque son frère eut achevé son récit. En tout cas, cela m'étonnerait qu'il vienne la chercher par ici.

— D'autant plus qu'il est actuellement en garde à vue. Et, comme il a détruit son portable, il faudra qu'elle en achète un autre. Je vais l'encourager à en profiter pour changer d'opérateur et de numéro.

— Elle sera bien entendu la bienvenue chez nous aussi longtemps qu'elle le désirera.

— Et moi aussi, je suis le bienvenu ? demanda son frère, mi-espiègle, mi-implorant. J'ai un énorme besoin de l'air frais des Hautes-Alpes, après avoir été enfermé toutes ces semaines ! J'ai emporté mon ordinateur pour bosser, mais aussi mes affaires de montagne.

— Bien sûr, gros bêta ! Comme vous faites chambre à part, je suppose, je te logerai dans mon bureau. Mais je tiens à en disposer pour travailler !

— Évidemment ! Il est bien assez grand pour deux et je me ferai tout petit.

Vincent craignit un instant d'avoir touché un point sensible, en évoquant le vaste bureau, prévu pour deux, du vivant de David. Mais sa sœur ne semblait pas avoir relevé l'allusion. Elle paraissait d'ailleurs sereine, pétulante et joyeuse, comme il ne l'avait plus connue depuis la mort de son mari et il s'en réjouit sans vraiment se poser de questions. Le temps, peut-être, avait-il enfin fait son œuvre.

Angélique s'était assoupie, anéantie par la fatigue et par cette tornade d'émotions contradictoires qui l'habitaient depuis la veille. Lorsqu'elle reprit conscience, elle resta un instant désorientée, ne reconnaissant pas les lieux. Mais le souvenir lui revint bien vite et elle savoura la quiétude de ce grand lit de bois sculpté, sous cette couette parsemée de petits chalets et de chamois bondissants. Elle parcourut la pièce du regard, les murs lambrissés où les peintures et photos de montagne perçaient des fenêtres vers un monde inaccessible et somptueux, les étagères remplies de livres, la vénérable armoire moulurée et, au fond, la véritable fenêtre, par laquelle on apercevait les arbres du jardin dans leur robe de printemps et les sommets partiellement couverts de neige.

C'était un tel changement par rapport à cette si longue série de réveils maussades, ces dernières années et, plus encore, ces dernières semaines ! Chaque matin, c'était un mélange de peur, de tristesse et de résignation que d'ouvrir les yeux aux côtés d'un être qui vous avait humiliée, frappée ou violée la veille, ou qui, dans le meilleur des cas, était simplement cet étranger avec lequel vous ne partagiez plus qu'un quotidien morose. Là, dans ce petit nid chaleureux, elle se sentait en sécurité, emplie d'une sérénité nouvelle. Toute provisoire, sans doute, mais délicieuse, dans laquelle elle souhaitait se blottir encore un moment.

Mais, peu à peu, elle perçut les voix et les pas de la maisonnée qui s'activait. Une légère culpabilité l'envahit, dans son isolement confortable, presque égoïste. Elle décida de se joindre à la vie familiale, d'aller saluer et remercier son hôtesse.

Dans le couloir, elle croisa Romain, à la haute stature et la tignasse blonde si semblables à celles de son oncle, même si les traits du visage étaient vraisemblablement ceux de son père.

— Vous avez pu vous reposer ? lui demanda-t-il avec cette douce sollicitude qui ne cessait d'étonner son cœur meurtri. Maman est rentrée.

— Oui, j'ai bien dormi, merci. Je vais aller la saluer et la remercier.

— C'est naturel ! Vous êtes la bienvenue !

Romain eut un instant la tentation de plaisanter au sujet des pulsions castratrices de sa mère, mais il se contint, songeant que ce serait très malvenu. Le visage tuméfié de la jeune femme et son expression fragile et inquiète trahissait un traumatisme qui ne laissait pas place à l'humour.

Lorsque Angélique parut dans le salon, Sandra, pourtant avertie, eut grand mal à retenir une exclamation de pitié. Mais elle s'approcha avec un doux sourire de la nouvelle venue et posa un léger baiser sur la joue intacte.

— Bienvenue, Angélique, nous allons te refaire une santé. Nous pouvons nous tutoyer, n'est-ce pas ? Ne te fais aucun souci, tu resteras ici tant que tu voudras.

— Je ne sais comment vous remercier, toi et Vincent…

— En retrouvant un grand sourire et une forme olympique ! Je sais, c'est plus facile à dire qu'à faire, mais le climat des Hautes-Alpes est très bon pour cela !

Angélique observa un instant cette jolie blonde dont les boucles échevelées encadraient le visage rieur, qui respirait la gentillesse et la confiance en la vie. Elle se souvint du récit de Vincent lors de leur trajet en voiture : cette belle histoire d'amour terminée tragiquement sur une paroi de montagne, cinq ans plus tôt. Développerait-elle, elle aussi, l'énergie de la sœur de son voisin, pour retrouver la joie et l'espoir ? Celle-ci était beaucoup plus petite que son frère, mais sa silhouette finement musclée, le dynamisme qui émanait de chacun de ses gestes suggéraient une grande force intérieure.

Sandra avait remarqué le regard légèrement étonné de son interlocutrice.

— Eh oui, observa-t-elle, amusée, Vincent a hérité de tous les gènes de notre père et moi de ceux de notre mère, d'où la différence de taille !

— Mais cela ne l'empêche pas de marcher plus vite que moi sur les sentiers ! précisa son petit frère. Question d'entraînement…

— Tu exagères ! protesta Sandra.

— Pas du tout ! Mes pauvres et rares joggings autour du parc de Sceaux ne pèsent rien contre tes randonnées frauduleuses ! Tu dois avoir une forme d'enfer !

Et ils éclatèrent d'un rire franc, complice et joyeux, qui emporta Angélique dans sa légèreté. Comme tout semblait simple chez ces gens-là !

Quelques heures plus tard, après concertation autour du réfrigérateur, les quatre membres de la famille se lancèrent dans la préparation d'une soirée crêpes. Pâtes au sarrasin et au froment, garnitures, tout fut confectionné en un tour de main, dans un ballet bien coordonné. Angélique tenta bien de proposer son aide, mais elle fut renvoyée d'autorité dans le salon.

— Ce soir, c'est toi l'invitée et tu as besoin de repos. Ce sera vite prêt !

La documentaliste, pour se donner une contenance, s'intéressa aux ouvrages éclectiques rangés dans les étagères du salon : de nombreux livres de montagne et de voyages y côtoyaient Victor Hugo, Romain Gary ou Philippe Claudel.

Mais son regard fut rapidement capté par la vue qui s'offrait à travers la baie vitrée. Le soleil déclinant colorait la neige des sommets et l'ensemble du paysage d'une éclatante lumière rose. Elle appréhenda alors soudain avec acuité cette passion pour la montagne qui unissait la famille de Vincent. Ce beau qui vous emplit tout entier jusqu'aux entrailles et vous attire irrésistiblement. Et l'idée fixe de ne plus repartir germa en elle…

Pendant le dîner, elle parla peu, se contentant de quelques réponses brèves lorsqu'on s'adressait à elle. Elle préférait observer ces convives joviaux qui échangeaient et plaisantaient gaiement. Elle s'immergeait dans leur joie de partager leur repas. Là encore, elle se sentait plongée dans un autre monde, où n'existait plus ni mari toxique, ni violence, ni peur du lendemain. Combien de temps résisterait cette bulle de savon avant d'éclater ? Elle ne le savait pas, mais elle souhaitait juste profiter intensément de cet instant de grâce.

Lorsque Sandra rejoignit enfin la solitude de sa chambre, elle saisit fébrilement son portable, afin d'y chercher un message d'Aurélien. Il y en avait quatre, remplis de mots doux et d'émoticônes en forme de cœur. Elle sourit, amusée et attendrie. Cela semblait si enfantin, de la part d'un homme de presque cinquante ans. Au cours des premiers mois de sa rencontre avec David, avant de vivre ensemble, et pendant leur séparation, avant la mutation qui lui avait permis de le retrouver dans les Hautes-Alpes, ils avaient échangé de nombreux appels et SMS, mais les téléphones de l'époque n'offraient qu'une représentation de visage très stylisée, grâce à des points et des parenthèses. Ils se contentaient de mots et David préférait de toute façon entendre sa voix.

Dans ce nouveau contexte un peu particulier (combien de temps jaugerait-elle les sentiments de cet homme pour elle et les siens pour lui, avant de l'annoncer à sa famille ?), la discrétion imposait des messages écrits, qui avaient leur charme aussi, et que la jeune femme dégustait comme de délicieuses friandises, douces à son cœur déjà épris et à son ego de quarantenaire.

Elle lui répondit, avec humour et tendresse, et une kyrielle de petits cœurs et de baisers, dans toute la gamme des roses et des rouges. Ils convinrent de tenter de se retrouver le mercredi suivant, à l'occasion d'un jogging-prétexte ou d'un retour de courses.

Elle frémissait d'avance à l'idée de ses mains sur sa peau nue... Elle s'affala, épuisée, sur son lit.

— Quelle journée ! laissa-t-elle échapper à voix haute.

Elle se glissa sous la couette et s'endormit rapidement, emplie de souvenirs érotiques qui l'enveloppaient de volupté.

Chapitre 12

Lorsque Sandra ouvrit les yeux, le mercredi 6 mai, elle se sentit aussitôt emplie d'une énergie un peu frénétique. Ce matin-là, elle reverrait Aurélien ! Elle tâtonna pour retrouver son téléphone portable posé sur la table de chevet. Deux nouveaux messages de son amant l'y attendaient, qui évoquaient la douceur de sa peau et son impatience de la serrer entre ses bras. Elle constata également qu'il était seulement six heures trente. Un jogging dès l'aube était-il un alibi plausible ? Elle tourna cette interrogation dans son esprit surchauffé — et son corps dans le lit — pendant un quart d'heure encore et décida de se lever. Ses enfants, peu matinaux, son invitée convalescente qui dormait comme une marmotte depuis son arrivée, ne risquaient donc pas, ainsi, de lui poser de questions embarrassantes. Seul son frère, comme elle le plus souvent frais et dynamique dès l'aurore, aurait pu lui proposer de se joindre à elle pour cette séance de sport matutinale.

Se cacher, encore ! Dissimuler, se sentir coupable, elle en avait assez ! Elle était résolue à tout lui avouer si elle le rencontrait dans le couloir.

Malgré tout, elle se glissa discrètement dans la salle de bain, y fit un rapide brin de toilette, vérifia son image dans le miroir, s'y trouva suffisamment jolie et retourna dans sa chambre déposer sa nuisette et chercher son téléphone.

Elle croisa le regard de David, dans le cadre sur la commode. Il n'avait pas l'air jaloux. Ils n'avaient jamais évoqué la question de « l'après », malgré leur goût commun pour les sports à risque et les quelques amis qu'ils y avaient perdus. Se sentaient-ils trop invincibles, étaient-ils trop insouciants ou évitaient-ils ce sujet sensible comme si une telle discussion pouvait porter malheur ?

De son éducation religieuse, qui l'avait menée jusqu'à la communion, comme une bonne partie de ses camarades de classe, elle ne gardait qu'une croyance vague et sceptique. Elle aurait préféré conserver une foi profonde, cela aurait adouci son deuil d'un espoir de retrouvailles.

Mais puisque tout cela n'était probablement qu'un leurre, et même si cela ne l'était pas, un état parallèle, hors de toutes les injonctions et les passions humaines, alors pourquoi ne pas accepter le bonheur sans remords avant que le temps ne l'emporte ? Combien de vies gâchées par des tergiversations inutiles ! Elle ne serait pas une autre

Princesse de Clèves, cette sotte qui, en plus, n'aimait même pas son mari !

En pleines réflexions philosophico-littéraires, elle noua les lacets de ses baskets et s'échappa de la maison en refermant la porte silencieusement derrière elle.

À mi-chemin, elle se souvint qu'elle n'avait pas rempli d'attestation. Bah ! pour les quelques jours qui restaient ! Elle soupçonnait d'ailleurs les gendarmes de n'être pas plus matinaux que ses enfants… Aurélien habitait à presque deux kilomètres de chez elle, mais qu'importe ! Elle avait étudié avec soin le parcours et emprunterait le plus possible les venelles et les chemins piétonniers.

Elle connaissait peu ce quartier, pourtant proche de chez elle, et hésita à plusieurs intersections, mais, enfin, elle lut, avec un certain soulagement, sur le panneau, le nom de la rue choisie. Difficile de s'affranchir tout à fait de la peur du gendarme…

Quelques foulées plus tard, elle se trouva devant le chalet d'Aurélien. Son aspect cossu la tint en arrêt quelques secondes. C'était une demeure de catalogue, de celles qu'on voit à Megève ou Chamonix, qui reste un rêve inaccessible aux petits budgets. Était-ce bien raisonnable de s'amouracher d'un homme qui avait dû graviter dans des sphères si différentes des siennes ?

Mais l'homme en question ne lui laissa pas le temps de la réflexion : déjà, il avait ouvert la porte et se précipitait vers elle. Lorsqu'il l'enveloppa de ses bras, il remarqua son regard étonné et songeur.

— C'est mon caprice à moi, lui chuchota-t-il dans l'oreille, ma façon de me venger du mépris de mon père. Il ne faut pas que cela t'impressionne. J'ai juste pu me payer le chalet que je dessinais sur mes cahiers d'écoliers quand j'étais encore enfermé à la ville.

Elle sourit :

— Moi aussi, je dessinais des chalets.

Il l'entraîna à l'intérieur :

— Viens, je vais te faire visiter.

Mais la soif qu'ils avaient l'un de l'autre écourta l'exploration des lieux. Très vite, ils se retrouvèrent nus sur le moelleux tapis du séjour, à se couvrir de caresses et de baisers.

Leur violent désir assouvi, ils restèrent lovés l'un contre l'autre, éperdus de tendresse, sous le soleil qui les réchauffait à travers la baie vitrée.

— C'est quand même plus confortable que dans un buisson, plaisanta Aurélien.

Elle se retint de lui demander avec combien de femmes il avait fait l'amour sur ce tapis, mais il lut la question dans ses yeux.

— Tu es la première femme qui vient ici, enfin… pour autre chose qu'une relation amicale ou cordiale. Les autres étaient vieilles ou accompagnées de leur mari ! Depuis que j'habite ici, mes seules aventures ont eu lieu à l'étranger, pendant une expédition.

— Tu n'es pas obligé de te justifier ni de tout m'avouer…

— Si, c'est important pour moi ! Je voudrais que tu mettes dans ta jolie petite tête qu'aucune femme n'a compté autant que toi dans ma vie ni ne comptera sans doute pas…

— Comme cela, tu te ranges ? demanda Sandra avec malice.

— Quel mot affreux ! Je ne veux pas rentrer dans une case, comme mes parents et mes frère et sœur. Mais j'ai rencontré la femme de ma vie, alors les coups d'un soir, c'est terminé.

— Arrête ! Tu vas trop vite ! Dans quelques mois, tu me trouveras peut-être terriblement ennuyeuse et pleine de défauts !

— Et moi, je t'agacerais avec mes manies de vieux célibataire !

Ils éclatèrent de rire. Mais il redevint sérieux :

— Laisse-nous y croire. Avec toi, je n'ai plus peur de m'engager. Nous nous ressemblons plus que tu ne penses.

« Hormis le tableau de chasse », songea-t-elle. Mais elle se tut. Elle ne voulait pas saboter ce début idyllique par une jalousie un peu maladive. Comme lui, elle brûlait d'envie de donner une chance à leur histoire.

— Je crois que la vie sera douce avec toi, ajouta-t-il en lui effleurant la joue.

Elle sentit ses défenses fondre sous cette caresse. Au diable, la crainte du lendemain ! Ne pas la laisser gâcher ces instants qui ne reviendront plus !

Deux étreintes plus tard, ils prirent ensemble un petit déjeuner qui avoisinait dangereusement l'heure du déjeuner et Sandra s'enfuit retrouver « le droit chemin », comme l'avait dit en riant le beau professeur.

En approchant de chez elle, elle rencontra ses enfants, son frère et son invitée qui rentraient de promenade.

— Tu ne vas pas nous croire, maman, s'exclama Emma, mais nous sommes restés dans le kilomètre !

— C'était vraiment une petite balade, alors !

— Il faut commencer doucement, intervint Vincent. Angélique n'est pas une chèvre des montagnes comme toi.

Sandra observa la jeune femme. Ses hématomes, qu'elle parvenait à dissimuler en partie par du fond de teint, tiraient au violet, mais la joue et les lèvres avaient désenflé. Le sourire qu'elle arborait rendait charmant son visage fin, à l'expression ordinairement trop réservée.

L'enseignante se mit à élaborer un plan simpliste : et si ces deux-là aussi ? Non, c'était encore trop tôt. Quand on vient de manquer d'être assassinée par son mari, on n'a pas l'esprit à la bagatelle. Mais ils se consoleraient fort bien ensemble. Une femme sérieuse et sincère pour son frère au cœur tendre et un gentil nounours qui ne ferait pas de mal à une mouche pour une victime de violences. L'accord parfait !

Elle se promit qu'elle arrangerait ce rapprochement, sans s'interdire de recourir à de savantes manigances…

Chapitre 13

— Ah, que cela fait du bien d'enfiler un baudrier ! s'écria Sandra, en joignant le geste à la parole.

Une exclamation approbative s'échappa des lèvres de ses compagnons. Angélique, elle, restait, encore un peu dubitative, le harnais que lui avait prêté son hôtesse à la main.

En ce week-end ensoleillé de la fin mai, ils avaient décidé de fêter la levée du confinement par une journée de grimpe, une activité qui avait tant manqué à Sandra, ses enfants et son frère. Celui-ci avait proposé à son ancienne voisine de l'initier à ce sport, ce qu'elle avait accepté, non sans quelque appréhension.

L'enseignante avait annoncé aussi, le plus ingénument possible (mais ses enfants n'avaient pas été dupes), qu'un copain allait se joindre à eux, ce qui permettrait un nombre pair de participants, pratique pour la formation des cordées.

— Je le connais ? avait demandé Vincent.

— Non, maman l'a rencontré en fraudant pendant le confinement, avait expliqué Romain sans laisser à sa mère le temps répondre.

— C'est mon ancien prof de physique, avait-il encore précisé.

Pour l'instant, l'ancien professeur de physique de Romain déballait sa corde en bas des voies avec jubilation, sous le regard discrètement tendre de la femme qu'il aimait et l'observation attentive de son ancien élève, qui guettait, amusé, les gestes ou les mots qui trahiraient la nature de leur relation.

Les cordées, recomposées au fil de la journée, selon la difficulté des parcours et la fatigue de chacun, se formèrent. Sandra et Aurélien, Emma et son frère, Vincent et Angélique.

La « Parisienne », malgré son inexpérience, accomplit de rapides progrès et prit goût à cette activité. Sandra ne lui avait pas menti : pendant qu'elle cherchait, parfois un peu fébrilement, ses prises de mains et de pieds, toute autre angoisse disparaissait, tout ce qui n'était pas cette progression vers le haut était occulté. Et quelle impression de victoire en atteignant le relais ! Victoire sur soi et ses peurs. De fugaces sentiments d'invulnérabilité et de combativité germaient, ne demandant qu'à se développer.

Mais l'énergie gaspillée par l'absence d'expérience et le manque d'entraînement eurent assez vite raison de son enthousiasme. Elle déclara forfait à la fin de la matinée, bientôt suivie par Emma, qui péchait par une pratique trop irrégulière et par un « petit coup de flemme », comme elle l'avouait elle-même.

Assises tranquillement l'une à côté de l'autre, à l'ombre, le dos calé contre un arbre, elles admiraient les grimpeurs, Emma donnant parfois à sa compagne débutante quelques détails techniques.

Romain s'accrocha plus longtemps. Piqué dans son amour-propre, il souhaitait surpasser sa mère. Plus grand et plus musclé, il disposait d'un avantage, en particulier dans les voies athlétiques, mais celle-ci, plus souple et plus endurante, gagna à l'usure. Elle ne recherchait d'ailleurs nulle forme de compétition. Elle profitait seulement intensément de cette reprise si attendue, caressant la roche avec volupté, plaçant son corps avec de plus en plus de précision et d'agilité. Les automatismes revenaient, la crainte de la chute en tête s'estompait, ne restait que le plaisir du geste et de la difficulté surmontée. Grimper sous les yeux d'Aurélien décuplait ce plaisir et cette combativité : elle souhaitait lui montrer de quoi elle était capable !

Celui-ci, en effet, la couvait d'un œil brillant, où se mêlaient admiration et désir, et l'encourageait de la voix dans les passages délicats. Lorsque, ravie d'avoir réussi, elle atterrissait à ses côtés au bout de la corde, elle lui adressait son plus lumineux sourire et il se retenait à grand peine de la prendre dans ses bras.

Les manœuvres de corde et les échanges de matériel permettaient de discrètes caresses, qui exacerbaient leur attirance au lieu de l'apaiser et dont certaines n'échappaient pas au regard attentif des enfants de Sandra.

— Votre maman grimpe si bien ! remarqua Angélique. Et elle est si jolie !

Romain, vaincu par la fatigue, était venu s'asseoir à côté de sa sœur. Lui aussi admirait, un peu envieux, la technique de sa mère. Il ne s'était jamais interrogé sur son physique. Il était vrai qu'elle conservait un corps et une grâce juvéniles, quand nombre des mères de ses amis ressemblaient déjà à « la ménagère de plus de cinquante ans », comme il s'amusait à les surnommer avec l'ironie cruelle de son âge, empâtées, ridées, les cheveux grisonnants ou parfois teints de façon voyante.

— Pourtant, cela n'a pas été toujours rose pour elle, répondit-il, plus pour lui-même que pour son interlocutrice.

Il prit conscience de la profonde admiration qu'il vouait à sa mère, pour sa capacité à surmonter les épreuves, cette force, cette endurance physique et morale, cette résilience cultivée jour après jour. Elle avait continué à les élever avec enthousiasme, entre tendresse et fermeté. Et même si, certains jours, elle s'était enfermée en larmes des heures durant dans sa chambre, elle en était immanquablement ressortie avec une nouvelle énergie et de nouveaux projets.

Angélique contemplait la formidable vitalité joyeuse de son hôtesse et se demandait si un jour elle parviendrait à lui ressembler quelque peu ; si, un jour, les cauchemars de strangulation quitteraient ses nuits et si elle cesserait de craindre de se retrouver face à face avec son bourreau ; si elle pourrait atteindre l'insouciance plus longtemps que quelques heures ; si elle développerait cette belle confiance en son corps, en ses compétences, en l'avenir…

Sandra finit malgré tout par épuiser elle aussi ses réserves, et rejoignit le groupe au pied des arbres, pendant que son frère et son amant se lançaient dans une dernière voie.

Elle les observait avec tendresse. Vincent, sa grande taille qui lui permettait d'aller chercher très loin les prises et sa puissance qui l'aidait dans les parties déversantes. Aurélien, un peu plus petit, mais plus musclé, plus souple et supérieur techniquement. Elle s'amusait de ce combat de coqs devant les femmes qui comptaient pour eux, combat qui restait amical et respectueux, car aucun des deux n'avait le désir d'écraser l'autre. L'orgueil démesuré n'était pas dans leur tempérament.

— Quand je le croisais dans l'entrée, je n'aurais jamais cru que Vincent soit un si grand sportif, avoua Angélique.

Elle ne l'avait jamais véritablement vu, d'ailleurs, avant ce jour où il lui avait tenu la porte et où, sans raison objective, elle l'avait trouvé rassurant. Depuis trois semaines, elle le trouvait séduisant. Et plus elle le trouvait séduisant, plus il lui semblait hors de portée, malgré ses attentions douces et respectueuses. Elle se sentait si fade !

Sandra observait sa voisine à la dérobée, et le regard éperdu qu'elle posait sur son frère. Son instinct d'entremetteuse se réveilla de nouveau. Et si, finalement, l'improbable arrivait plus vite que prévu ?

Chapitre 14

Vincent poussa la porte de la résidence. Il ramassa le courrier qui s'accumulait depuis plus d'un mois dans sa boîte aux lettres et tourna la clé pour pénétrer dans son appartement. Le désordre créé par son départ précipité régnait toujours et une odeur de renfermé lui chatouilla désagréablement les narines. Il ouvrit les stores et deux fenêtres pour aérer la pièce. Son coin de jardinet était devenu une jungle. Il ne l'avait jamais vraiment entretenu, d'ailleurs. La première année, tout au plus, par un accès de motivation nourri par la nouveauté. La vue qu'il appréciait quelques mois plus tôt, plutôt plaisante et verdoyante pour un immeuble de banlieue parisienne, lui parut désolante. Le temps gris rendait le paysage urbain encore plus triste. Où étaient le ciel bleu roi et l'éclatante lumière des Hautes-Alpes ? Chaque retour de chez Sandra l'avait empli de nostalgie, mais, cette fois, le rejet de sa vie citadine devenait épidermique. Il venait de passer quelques merveilleuses semaines en compagnie de sa sœur, de ses neveu et nièce, de la femme qui prenait de plus en plus de place dans son cœur. Il retrouvait son habituel environnement terne de célibataire un peu solitaire.

Il avait proposé à Angélique de l'accompagner. Son mari, toujours en détention préventive, n'était pas à craindre. Les investigations policières avaient conduit cinq anciennes employées et une fugace conquête à porter plainte elles aussi. Cliente du restaurant, courtisée comme Angélique, tout d'abord consentante, cette dernière avait repoussé Colin lorsqu'il avait refusé de porter un préservatif. Ce camouflet soudain, au cours d'une soirée encourageante, avait mis en fureur le mâle dominant, qui avait violé sa partenaire. Rares étaient les serveuses qui échappaient à son « droit de cuissage ». Certaines s'y étaient pliées de bon cœur, le trouvant séduisant ou avec la secrète espérance d'« épouser le patron » ; les autres avaient été harcelées, voire agressées sexuellement. Les violences conjugales et la tentative de meurtre alourdissaient le tableau. Il subirait sans doute une peine de prison ferme.

Mais la jeune femme avait refusé avec vigueur et il avait lu la panique dans ses yeux.

— Je ne suis pas encore prête, avait-elle expliqué. L'idée de retourner là-bas me terrorise. Mon arrêt maladie de longue durée court jusqu'à fin août. Ta sœur m'a proposé de rester jusqu'à ma reprise du travail. Cela me permettra de réfléchir à la manière dont j'envisage l'avenir. À vrai dire, j'ai du mal à envisager quoi que ce soit. J'ai juste envie d'oublier tout cela. Ici, j'y parviens tant bien que mal, mais à Paris… Et puis je peux échanger avec mon avocat en visioconférence. La procédure de divorce est engagée, mais pour l'instant ma présence sur place n'est pas nécessaire.

Il n'avait pas insisté et entrepris, à contrecœur, le voyage retour vers la capitale. Peu après son départ, il avait négocié trois semaines de télétravail supplémentaires et deux semaines de vacances, mais son patron désirait une véritable réunion en présence de tous ses collaborateurs et associés pour évaluer l'avancement des projets en cours et définir de nouveaux objectifs. Les commandes affluaient, qu'il peinait à gérer.

Vincent s'affala sur son canapé pour récupérer de la fatigue du trajet. Mais mille questions encombraient son cerveau, qui l'empêchaient de se détendre. Au fond, pourquoi n'avait-il pas rejoint plus tôt sa sœur dans son paradis ? Études, parents et amis en Île-de-France, première embauche rapide, travail passionnant et bien rémunéré, et, plus tard, alors que l'appel des montagnes allait l'emporter, la rencontre avec Laetitia… Leur rupture l'avait laissé comme un zombie amorphe, à peine capable de gérer le quotidien. Il avait peu à peu remonté la pente, mais, réfugié dans une besogne acharnée qui lui évitait de ruminer et de souffrir, il n'avait plus réfléchi à ses aspirations et au sens qu'il souhaitait donner à son existence. Un brave petit robot…

Angélique lui avait rendu son humanité. Sa détresse l'avait sorti de sa tour d'ivoire. Cette femme discrète et blessée avait occupé de plus en plus de place dans ses pensées. Depuis leur arrivée à Embrun, il avait été tenté plusieurs fois de la prendre dans ses bras. Mais il craignait tant de gâcher leur complicité et de l'effrayer. Quand serait-elle suffisamment guérie de ce traumatisme pour s'autoriser à aimer un homme ? Vincent espérait, sans trop y croire, qu'elle ferait le premier pas. Mais, somme toute, cette attente douce lui convenait. Son estime de lui encore fragile n'osait s'aventurer dans un tourbillon de sentiments qu'il ne maîtriserait pas.

La crise d'allergie se déclencha une heure plus tard, alors qu'il tentait de se rendre à sa fameuse réunion de travail. Bloqué depuis de longues minutes dans un bouchon, il l'avait l'impression d'étouffer. « Un œdème de Quincke à la vie parisienne », songea-t-il, amusé malgré lui. Mais la décision devint tout à coup claire et définitive. Dès le lendemain, il mettrait son appartement en vente. Ses derniers projets au sein de l'entreprise étaient bouclés, il n'en accepterait pas d'autres. Il était sans conteste bien rémunéré, mais, en somme, guère mieux que ses collègues, tout en travaillant beaucoup plus et en étant plus efficace. Certes, les start-up *high-tech* ne pullulaient pas dans les Hautes-Alpes, mais rien ne l'empêchait de fonder la sienne. Les programmes et applications qu'il créait pour un autre, il pouvait les concevoir pour son propre compte. Et nul n'était besoin pour cela de résider en Île-de-France. Les entreprises de son département de cœur recourraient aussi sans doute à son expertise pour s'affranchir de certaines tâches facilitées par l'Intelligence Artificielle.

Il s'agissait à présent d'obtenir de bonnes conditions de départ. Un rude bras de fer en perspective. Son patron ne laisserait pas s'échapper de bon cœur un développeur si talentueux.

Il se rendit compte soudain qu'il prenait conscience de sa propre valeur et que la détermination l'enveloppait, comme une armure nouvelle à laquelle il n'était pas habitué.

Un dernier caillou bloqua tout à coup ce bel engrenage. Ses parents vieillissants ne quitteraient jamais ce bourg de l'Oise où ils avaient grandi, s'étaient rencontrés, avaient fait construire leur coquette maison, entourée d'un jardin entretenu comme le parc de Versailles : les fleurs par sa mère, le potager par son père. Ils avaient tenu rigueur à sa sœur de s'être exilée loin d'eux, et cette rancœur sourde envenimait encore leur relation. « Je suis née dans ce trou, je mourrai dans ce trou », raillait Sandra, un peu amère, lorsqu'elle évoquait leurs géniteurs.

Comment accepteraient-ils le départ du fils chéri, qui était resté jusqu'à présent à proximité ? Devrait-il sacrifier son besoin d'air pur et de sommets jusqu'à leur décès ? À soixante-dix et soixante-quatorze ans, d'une santé florissante, ils pouvaient vivre encore plus de vingt ans. Vincent aurait alors plus de soixante ans. Cette perspective le révolta ! Non ! On ne vit qu'une fois ! La pollution, les trajets interminables au milieu d'une foule d'automobilistes inciviques, les « immeubles pour uniques montagnes », comme ironisait Sandra en plagiant Pierre Bachelet, c'était fini, et bien fini !

Après tout, rien n'empêchait leurs parents de les rejoindre dans les Alpes. Il se promit de le leur proposer, même s'il connaissait déjà la réponse.

Et puis, s'il créait son entreprise, il pourrait s'organiser comme il l'entendait et leur rendre visite durant quelques jours plusieurs fois par an. Quelques signatures de contrats juteux nécessiteraient peut-être également sa venue dans la capitale.

Et si Angélique décidait de retourner à Paris lorsque ses tracas matrimoniaux seraient résolus ? Après tout, son travail à Bibliothèque Nationale semblait captivant… Elle paraissait néanmoins séduite par les Hautes-Alpes et souhaitait ardemment s'éloigner le plus possible de son ex-mari ; s'évanouir dans la nature… Et puis, de toute façon, rien n'existait encore entre eux, hormis une profonde amitié. Déjà trop pour ne pas souffrir, mais pas assez pour reculer.

Lorsqu'il gara enfin son véhicule non loin de chez son employeur, il débordait de résolution. Et il se sentait intensément vivant. Peut-être plus vivant qu'il ne l'avait jamais été…

Chapitre 15

Elles avaient gravi les lacets dans la forêt, entre les trolles et les lys martagon. Angélique, émerveillée, photographiait de tous côtés, en profitant aussi pour souffler un peu. Sandra, patiente, tout en attendant son amie, capturait dans son objectif la goutte de rosée qui irisait la corolle d'une ancolie, le papillon qui s'abreuvait du nectar d'un orchis sureau. Combien de clichés avait-elle déjà pris dans sa « vallée secrète », où elle se rendait en pèlerinage chaque début d'été, lorsque les fleurs envahissaient les pentes et les cascades vomissaient en abondance l'eau de la fonte des neiges ? Des centaines, mais l'enchantement était toujours là et elle découvrait chaque fois un éclairage nouveau, un angle différent, une composition particulière qui méritaient d'être immortalisés.

Plus haut, elles rejoignirent la piste, puis, au détour d'un virage, la première grande cascade apparut, immense voile étincelant qui se déroulait sur les rochers et débordait en brume fine sur la passerelle en contrebas. La Parisienne laissa échapper un cri d'émerveillement.

« Et tu n'as encore rien vu », commenta Sandra avec un léger sourire. Elle reprit l'ascension à un rythme plus lent, car la pente s'accentuait à nouveau. Mais Angélique, subjuguée par la splendeur des paysages, ne percevait plus sa fatigue. Acclimatée depuis plusieurs semaines, entraînée par les randonnées régulières que lui proposaient ses hôtes et auxquelles elle participait avec un enthousiasme croissant, elle était devenue plus endurante. Aussi loin que remontaient ses souvenirs, elle ne s'était jamais sentie plus forte et en meilleure santé.

À l'embranchement suivant, Sandra lui laissa le choix de l'itinéraire :

— À gauche, on se dirige vers mon parcours préféré, le plus beau et le plus intéressant. Mais cela représente six kilomètres et trois cents mètres de dénivelé de plus, dont la moitié hors sentiers. À droite, c'est joli aussi, et moins long.

— Mais pas aussi beau qu'à gauche, c'est cela ?

— C'est cela ! Mais ne te crois pas obligée, moi, je connais cet endroit par cœur et je ne veux pas t'épuiser.

— Je me sens en forme et j'ai envie de découvrir ton paradis. Tu me l'as tellement vanté !

— Tu es sûre ? Bon, allons-y, mais interdit de râler !

— Promis ! s'engagea Angélique en riant.

Elles continuèrent de gravir les pentes, dans l'ombre fraîche des mélèzes, perdues dans cette profusion colorée ; vert tendre des jeunes aiguilles, jaune éclatant du globe des trolles, pourpre tacheté des lys martagon.

Après un dernier lacet dans les bois, elles atteignirent l'alpage.

— C'est là que la magie commence vraiment, annonça Sandra.

— Tu es bien difficile, tempéra Angélique, pour moi, elle a commencé bien avant !

Mais dès que son regard embrassa le panorama, la jeune femme comprit ce qu'entendait son amie. L'horizon s'ouvrait tout à coup, vaste étendue d'un vert franc, parsemée des touches multicolores des fleurs d'été et enserrée d'un arc de sommets où s'attardait la neige. Plus loin, une nouvelle cascade sautait de ressaut en ressaut, entre quelques rares mélèzes, et continuait sa course en torrent bouillonnant. Sur l'arête, on apercevait, minuscule, la cabane du berger et son toit blanc. La vague sente qu'on devinait à peine entre les hautes herbes ajoutait à la sauvagerie du paysage, à cette impression de monde fantastique et inexploré.

— Alors ? interrogea Sandra, le regard vainqueur.

— Alors, tu avais raison, j'ai bien fait de choisir le chemin de gauche… même sans connaître celui de droite !

Elles s'engagèrent toujours plus avant dans le paradis mystérieux de la Haut-Alpine, dépassant la cabane, entre les bleuets et les corolles virginales des lys de saint Bruno. Angélique admirait secrètement l'aisance de son amie, qui progressait, sûre d'elle, dans cette large vallée où les sentiers avaient disparu, laissant place, par endroits, à quelques drailles tracées par le passage des troupeaux ou des chamois. À droite, la paroi rocheuse dressait ses clochetons de blocs instables.

Le dernier ressaut les mena au plateau supérieur, qu'elles traversèrent pour rejoindre le lac. Il était encore en partie recouvert de neige et ses eaux aigue-marine reflétaient les sommets environnants. Nul signe de présence humaine dans ce paysage grandiose, où l'on semblait s'évanouir, comme envoûté par un sort étrange.

— Je comprends vraiment pourquoi tu parlais de magie, remarqua Angélique, fascinée.

Elles s'assirent côte à côte au bord du lac, sur l'herbe moelleuse. Angélique, béate, contemplait le panorama en mordant dans son sandwich. Comme elle était loin de Paris, des couloirs de métro nauséabonds, des façades grises et tristes, de la foule anonyme et oppressante, mais surtout des insultes, des coups, des viols, de la crainte incessante que lui inspirait Colin !

Elle demeura un long moment les yeux dans le vague. Sandra se taisait pour respecter sa rêverie.

Tout à coup, l'évidence s'imposa dans l'esprit de la Parisienne.

— Je ne repartirai pas, décida-t-elle d'une voix ferme. S'il le faut, je travaillerai comme caissière, mais je resterai ici !

— Je pense quand même, dit Sandra en riant, que tu peux espérer mieux !

— Ce ne sont pas des mots en l'air, tu sais… Vivre dans cette région a été une révélation. Une autre existence est possible, belle et tranquille. Se lever et admirer le paysage par sa fenêtre chaque matin ; ne pas craindre de se faire voler son sac à chaque coin de rue, de se faire écraser en traversant ; parler à des inconnus sans risque d'être harcelée aussitôt ; partir se promener seule, comme tu le fais, sans angoisse; et être chaque jour à portée du paradis... Je ne crois pas avoir jamais été vraiment heureuse jusqu'ici. J'ai imaginé l'être, si peu de temps, avec mon ex-mari, mais ce n'était qu'une illusion. Et cela a tourné au cauchemar... Ici, j'ai l'espoir de trouver le bonheur.

Un peu surprise par les soudaines confidences de son amie, si réservée auparavant, Sandra la regarda un instant en souriant, sans répondre. Puis, tout à trac :

— Cela tombe bien, je crois que Vincent a bien l'intention de rester lui aussi !

Angélique tressaillit légèrement sous la flèche ciblée de cette remarque qui touchait le centre de ses préoccupations secrètes. Elle détourna les yeux, partagée entre la crainte de se dévoiler et le besoin de s'épancher.

— Vincent est un ami précieux, commença-t-elle prudemment. Il m'a tirée de l'enfer où je m'enlisais. Il m'a sans doute sauvé la vie. Mais je ne pense pas être pour lui autre chose qu'une voisine en détresse...

— Tu as tort. Je devine que tu lui plais beaucoup, mais il a toujours été très timide. Avec ce que tu viens de subir, il s'y rajoute la peur de t'importuner.

— J'ai du mal à te croire. Regarde-moi : un visage banal, des cheveux fades, des yeux marron, un corps trop petit et sans formes... Comme j'aimerais avoir tes cheveux blonds frisés, tes yeux magnifiques, ton charme !

— N'importe quoi ! rétorqua Sandra dans un grand éclat de rire. Tu as de jolis traits, un regard très expressif, une silhouette gracieuse. Si tu préfères les boucles, cela peut s'arranger chez le coiffeur. Et Vincent et toi partagez beaucoup de qualités : l'intelligence, la culture, la gentillesse, l'honnêteté. Cela compte plus qu'un look de bimbo. L'ancienne compagne de mon frère était « un canon », comme on dit. Mais elle m'a toujours paru fausse. Et, malheureusement, je ne m'étais pas trompée...

— Je sais. Il m'a raconté...

— Tu vois ! S'il se livre à toi, cela montre à quel point il t'apprécie, car ce n'est pas un bavard sur ce genre de sujet.

— Comme une bonne copine, une confidente qui a traversé des épreuves elle aussi. C'est un rôle que je maîtrise, je l'ai joué bien trop souvent pour des hommes que j'aurais pu aimer, mais pour qui je n'étais qu'une oreille patiente et discrète...

— Mes enfants se moquent de mes manies d'entremetteuse. C'est plus fort que moi, j'ai envie de rendre les autres heureux, parfois contre leur gré. Mais cette fois, je ne pense pas me tromper. Je connais bien mon frère, nous avons toujours été proches. Je ne vais pas t'ennuyer avec ce sujet, je conçois bien à quel point il peut être douloureux pour toi. Cependant, fort heureusement, tous les hommes ne sont pas pervers, ni violents, ni même lâches ou superficiels. Et je tiens sous la main un spécimen d'homme avec lequel on peut être heureuse, qui a très certainement le béguin pour toi et qui ne t'est, si j'ai bien compris, pas indifférent non plus, conclut Sandra dans un nouvel éclat de rire.

— Bon, reprit-elle pour ne pas laisser la gêne s'installer, il est temps de repartir ! Nous avons encore un bout de chemin à parcourir !

La montagnarde poursuivit sa progression sur l'herbe des alpages où poussaient, au nord, des tapis de soldanelles qui ravirent son amie, puis entre les névés et les éboulis rocheux, jusqu'à retrouver, plus bas, forêt et cascades.

Elles s'autorisèrent une pause près de la dernière cabane, petite trace d'humanité perdue dans une large et longue vallée entourée de sommets imposants. Tout en contemplant de tous ses yeux, tout en laissant cette nature prendre possession de son être, Angélique songeait aux paroles de son hôtesse. L'espoir s'insinuait malgré elle dans les recoins de son esprit sans qu'elle puisse tout à fait lui opposer les raisonnements sages et amers que les revers de la vie lui avaient fait développer. Puis ses pensées cheminèrent vers la gaieté pétillante, l'enthousiasme débordant de Sandra et elle lui demanda soudain :

— Je suis peut-être un peu indiscrète, mais Aurélien et toi… ?

— Observatrice, à ce que je constate ! Eh bien, oui ! Aurélien et moi sommes en couple depuis deux mois, depuis le jour de votre arrivée, d'ailleurs, c'est facile à retenir ! Enfin, si on peut appeler couple ces amours en cachette ! Je voulais nous laisser un peu de temps avant d'afficher notre relation. C'est peut-être stupide ; je suis veuve depuis plus de cinq ans, mes amis et mes enfants m'encouragent à refaire ma vie. D'ailleurs, je n'aime pas ce terme ! On ne refait rien, on n'efface pas l'ardoise. On continue avec quelqu'un d'autre en tentant d'être heureuse. Tu vois, malgré le charme que tu m'attribues, je n'ai pas beaucoup plus confiance en moi que toi ! Mon mari était un très bel homme, rempli de qualités, et je n'ai pu m'empêcher de penser, pendant toutes ces années, qu'un hasard improbable nous avait réunis, alors que je ne le méritais pas. Une sorte d'« erreur de la banque en votre faveur ». J'ai la même impression avec Aurélien. De plus, il a toujours été sans attaches et ne s'en cache pas. J'ai un mal fou à m'arracher de la tête que c'est la frustration du confinement qui l'a poussé vers moi. Tout m'indique le contraire, mais c'est parfois plus fort que moi ! Je devrais saisir cette chance sans me soucier du lendemain ni de la durée de notre relation. Mais cela non plus n'est pas dans ma nature. Je suis une incorrigible romantique ! Et je suis à présent très attachée à lui !

— Il l'est aussi à toi, il me semble, cela saute aux yeux !

— Tu parles d'un secret de Polichinelle !

Les deux femmes éclatèrent d'un rire partagé et complice, comme deux adolescentes qui se seraient confié leurs états d'âme. Elles étaient réparées par ce rire, par ces aveux. Comme si un baume s'était appliqué sur les douleurs du deuil, du doute, de la violence, de la dévalorisation. Instant éphémère, mais dont elles appréciaient la douceur.

D'un élan spontané, elles s'étreignirent, se consolant mutuellement de ce passé cruel et de cet avenir incertain.

— J'aime bien tes mots, conclut Angélique. Nous allons continuer en tâchant d'être heureuses.

Chapitre 16

Angélique s'observait dans le miroir du salon de coiffure. La permanente devait poser une petite demi-heure et, pour l'instant, ses rouleaux jaunes recouverts d'un bonnet de plastique transparent sur la tête, elle ne se jugeait pas particulièrement séduisante ! Guère plus que les mémères à bigoudis des films comiques…

Heureusement, elle avait enfilé la jolie robe d'été fleurie dénichée avec Sandra la semaine précédente.

— Viens, je t'emmène renouveler ta penderie ! avait décidé celle-ci. Il faut profiter des soldes ! Bon, à Gap, tu n'auras pas le choix parisien, mais il y a certainement moyen de trouver quelques habits, disons… plus sexy que ceux que tu portes d'ordinaire. Je vais acheter aussi quelques petits hauts et jupettes pour plaire à mon amoureux !

La Haut-Alpine lui avait avoué qu'elle n'avait pas accordé beaucoup d'attention à son apparence durant sa prime jeunesse. Vêtements souples et pratiques, tenues de sport lui suffisaient. Et puis elle avait rencontré son mari…

— Être en couple avec un bel homme a quelque chose d'exigeant. Comme je te le racontais l'autre jour, on a besoin d'une grosse dose de confiance en soi, de se sentir jolie pour ne pas craindre chaque seconde de le perdre, pour faire taire cette voix qui susurre qu'il y a « erreur de casting ». Tu sais, comme dans le film *Les bronzés* : « Sur un malentendu, cela peut marcher ». Chez moi, pendant mon mariage, cela passait par le choix de tenues qui pourraient me mettre en valeur. Cela peut paraître futile et cela l'est certainement. Ce qui retient un homme, en tout cas un homme qui mérite d'être aimé, est bien au-delà de l'apparence physique. Mais c'est une manière de se rassurer. Et cela recommence aujourd'hui avec Aurélien…

— Et tu ne t'es jamais dit que si tu avais plu à ces hommes séduisants c'était parce que tu étais naturellement charmante ?

— Tiens, c'est vrai cela ! s'était exclamée Sandra en riant. Je n'y avais jamais pensé ! Il faudra que je me regarde mieux dans le miroir ! Il n'a pourtant jamais été très tendre…

Pour Angélique, le miroir n'avait jamais été très tendre non plus, bien moins sans doute que celui de son amie… Au début de sa relation avec Fabrice Colin, dans une sorte d'éblouissement aveugle, elle s'était enfin crue presque jolie. Elle avait elle aussi couru les magasins pour y choisir des tenues seyantes. Combien de temps avait duré cette frénésie ? Quelques mois, un an ou deux tout au plus, le temps qu'elle devienne un insignifiant ventre stérile, puis un objet servant à assouvir des pulsions rapides…

La coiffeuse s'approcha pour vérifier la fermeté des boucles en déroulant un bigoudi. Satisfaite, elle encouragea sa cliente à se diriger vers le bac de lavage, rinça le produit frisant et appliqua le fixateur. Angélique, le cou renversé dans une posture inconfortable, attendait patiemment la fin de la pose. Des souvenirs pénibles remontaient à la surface, comme ce mail incendiaire de ses ex-beaux-parents, reçu deux mois plus tôt. Ils lui reprochaient vertement ses « mensonges ignobles qui avaient détruit la vie » de leur fils. Pas un instant, ils n'avaient envisagé la vérité de la violence et de la perversité de Fabrice. Elle avait repris contact avec la police, grâce à son nouveau téléphone. On lui avait assuré que son nouveau numéro, ainsi que son lieu de résidence, demeureraient confidentiels. La jeune enquêtrice qui avait pris sa déposition lui avait raconté l'irruption furieuse de ses beaux-parents dans le poste de police, clamant la calomnie et l'erreur judiciaire. Les agents leur avaient calmement exposé les faits, preuves et photos à l'appui. Ils avaient perdu tout à coup de leur superbe, conservant malgré tout un reste d'incrédulité. « Je n'arrive pas à imaginer que mon fils ait fait cela, sanglotait la mère, c'est un si gentil garçon ! » De nouveaux témoignages étaient venus accabler le « gentil garçon », mais jamais Angélique n'avait reçu de mail s'excusant de la violence et de l'injustice du premier message. C'était une blessure de plus qui tardait à se refermer. Elle avait pourtant longtemps cru à la bienveillance des parents de son mari. Cette gentillesse avait peut-être même prolongé son calvaire, lui laissant espérer stupidement une hypothétique amélioration du comportement de son conjoint.

— Il n'est pas toujours facile d'admettre son erreur, avait tenté de la rassurer Vincent. Ils ont sans doute besoin d'un peu de temps.

— C'est plus grave qu'une simple erreur, avait-elle répondu, amère.

Vincent en avait convenu en hochant pensivement la tête. Mais un mois après cette conversation, ils n'avaient toujours pas fait amende honorable.

La coiffeuse la délivra enfin des rouleaux qui tiraient sur ses mèches. Après cinq nouvelles minutes à patienter, les cheveux gluants, puis un dernier rinçage, elle put retourner s'asseoir devant le miroir et examiner ses cheveux humides qui bouclaient autour de son visage.

— Je vais maintenant vous les couper à la longueur désirée, annonça la coiffeuse.

Angélique observait les coups de ciseaux experts de la professionnelle et les mèches qui jonchaient peu à peu le sol. Il lui semblait que ces coups de ciseaux la débarrassaient aussi d'un peu de la lourdeur de son passé et du sentiment tenace de sa propre fadeur.

Lorsque le séchoir eut terminé de révéler cette nouvelle coiffure, Angélique eut peine à reconnaître son image. Ses cheveux, qui tombaient auparavant, mous, fins et flasques, encadraient maintenant son visage dans un flot de boucles soyeuses, éclairées d'un reflet plus intense. Ils magnifiaient la délicatesse de ses traits et, pour la première fois de sa vie, elle se trouva véritablement jolie. Un grand sourire l'illumina, renforçant cette impression positive.

La coiffeuse, très satisfaite de son travail, la complimenta abondamment pour son choix judicieux. Elle sortit du salon toute guillerette, impatiente de montrer à Sandra la transformation de son apparence.

Dans l'entrée du chalet, elle croisa tout d'abord Emma, qui s'exclama, enthousiaste :

— Ouah ! Ça te va hyper bien ! Viens voir, maman, la nouvelle coupe d'Angélique !

Sandra confirma le jugement flatteur de sa fille et entoura les épaules de son amie en lui chuchotant à l'oreille :

— Maintenant, opération séduction : Vincent revient après-demain.

Quand l'informaticien retrouva avec joie le domicile de sa sœur, deux jours plus tard, celle-ci était déjà partie pour deux semaines dans les Dolomites avec ses enfants, qui évoquaient depuis un certain temps, avec une impatience exubérante, les *vie ferrate* et les voies d'escalade qu'ils y graviraient.

— Tu sais, lui avait expliqué Sandra, j'avais déjà réservé ce séjour avant le confinement. Je t'inviterais bien aussi, mais il n'y a que deux chambres.

Elle n'avait pas précisé qu'Aurélien les accompagnerait.

— Ce n'est pas grave, pour moi, les Hautes-Alpes sont un lieu de vacances parfait et je vais en profiter pour continuer à faire découvrir la région à Angélique.

— Mais, avait-il repris, un peu inquiet, j'espère qu'elle acceptera de loger seule avec moi.

— Bien sûr ! Elle a toute confiance en toi ! Et elle sera sans doute plus rassurée que de rester complètement seule, même si son ex est en prison.

Sandra s'était retenue d'ajouter que sa voisine n'attendait que l'occasion de se retrouver en tête à tête avec lui. Elle ne voulait pas effrayer son grand dadais de frère, en lui donnant l'impression d'un coup monté.

Lorsque Angélique rejoignit Vincent dans l'entrée, où il venait de déposer ses bagages, il eut presque peine à reconnaître cette femme séduisante, dont la robe cintrée à la taille et piquetée de vives fleurs rouges mettait en valeur la mince silhouette. Les boucles qui encadraient le visage discrètement maquillé le rendaient plus juvénile et joyeux, tout comme la flamme réjouie qu'il croyait déceler dans les yeux noisette.

— Ah, je vois qu'il y a eu du changement pendant mon absence ! observa-t-il avec un sourire amusé en l'embrassant sur les deux joues, comme l'amie proche qu'elle était devenue au fil des semaines. Il y a de la tournée shopping dans l'air !

Comme dit Sandra, on peut aussi dénicher de jolies choses dans les Hautes-Alpes. Et cette nouvelle coupe te va bien !

Angélique balbutia quelques remerciements qu'elle espérait naturels. Au moins, il avait remarqué la transformation de son apparence en termes élogieux. Mais elle avait imaginé une sorte de coup de foudre, un regard long et profond comme dans les films, l'homme qui la saisirait avec passion dans ses bras pour lui avouer combien elle lui avait manqué et combien il l'aimait… Était-elle réellement prête à un tel déchaînement sentimental, elle ne le savait. Mais, lui, lui avait manqué chaque jour un peu plus. Elle le trouvait superbe, ce géant musclé, dans sa chemisette et son bermuda. Elle se souvenait du trouble qui lui avait chatouillé le ventre quand elle l'avait regardé dormir dans la voiture et, plus tard, escalader la paroi.

Mais Vincent, déjà, rejoignait sa chambre pour y ranger ses affaires. La jeune femme surmonta sa déception en se remémorant les révélations de Sandra au sujet de la timidité presque maladive de son frère.

— J'ai bien peur que tu sois obligée de faire le premier pas si tu souhaites qu'il se passe quelque chose entre vous, avait conclu son amie.

— Je n'ai vraiment pas assez confiance en moi pour cela ! Et puis, au fond, cela a quelque chose d'humiliant.

Sandra avait haussé les épaules, découragée.

— Dans ce cas, cela risque de tourner en rond longtemps…

Mais Angélique gardait espoir : il restait dix jours avant le retour de la famille. Durant cet intervalle, il trouverait peut-être le courage ou elle la force…

Ces dix jours filèrent comme un éclair enchanté, de randonnées en baignades dans le lac, de *vie ferrate* en visites touristiques. Quelques dîners au restaurant procurèrent à la Parisienne la fierté d'être vue en terrasse en compagnie d'un bel athlète. Ils prenaient cependant la plupart des repas à la maison, préparant les plats ensemble, avec une joyeuse complicité, qu'elle n'avait pas connue avec Colin, même au début de leur union. Ils échangeaient durant des heures, tranquillement installés dans les chaises longues face aux sommets, ou assis sur un rocher lors de leurs randonnées. Ils se découvraient beaucoup de goûts et de valeurs communes. Chaque jour de plus permettait à Angélique de mieux se représenter le bonheur d'une vie à deux avec cet homme qui correspondait tellement à ses attentes les plus folles, celles qu'elle n'aurait jamais osé s'accorder.

Mais s'il entourait son amie de douces attentions, s'il se comportait avec une familiarité presque tendre, il évitait tout contact corporel. Cela en devenait vexant. Voyant approcher inexorablement la fin de leur tête-à-tête, Angélique en prenait peu à peu ombrage. Au fond, elle n'était peut-être que la « bonne copine » qu'il faut protéger, à qui on peut se confier, mais dont on ne tombe pas amoureux. Bronzé, éclatant de santé, il lui paraissait chaque jour plus désirable, tandis que son miroir se montrait de plus en plus critique.

Le dernier soir, elle ne put s'empêcher d'exprimer son amertume. Ils venaient de rentrer d'une sortie pizza près du plan d'eau, de nouveau désespérément amicale. Triste, elle contemplait le soleil couchant par la baie vitrée, tandis que Vincent répondait à un message de sa sœur en s'extasiant à la vue des photos des grandes voies mythiques.

— Je ne te plais pas, constata-t-elle sans se retourner.

Il abandonna aussitôt son téléphone portable pour s'approcher d'elle.

— Mais si, bien sûr ! Pourquoi dis-tu cela ?

Elle se tut. Des larmes inondaient ses joues. Il l'entoura de ses bras. Elle tenta mollement de se dégager.

— Je ne veux pas de ta pitié, souffla-t-elle entre deux sanglots.

— Mais non, protesta-t-il, tu n'as rien compris ! Après ce que tu viens de vivre, je ne voulais pas t'importuner avec mes sentiments. Imagine, nous logeons ici seuls tous les deux, je te fais une déclaration. Et si cela te fait peur ? Je ne voulais pas tout gâcher !

Elle se retourna pour tenter de découvrir la vérité dans ses yeux. Il resserra son étreinte.

— Mais tu n'as donc rien vu ? interrogea-t-elle, incrédule.

— Parfois je me demandais, mais je n'ai pas une grande confiance en mon pouvoir de séduction…

— C'est vraiment incroyable !

— Tout aussi incroyable qu'une femme aussi merveilleuse que toi puisse penser qu'elle ne me plaît pas !

Il souriait à présent, le cœur soudain léger. D'un effleurement, il sécha les larmes qui coulaient encore. Puis, délicatement, il l'embrassa. Quelque chose s'éveilla en elle, une déferlante inconnue qui balaya toutes ses peurs, qui relégua toutes les expériences du passé en aventures anodines et inconsistantes. Elle se serra contre lui, contre le rempart de son torse, dans la volupté de ses caresses. Il déboutonna lentement son chemisier, tandis qu'elle lui ôtait impatiemment son t-shirt. Elle parcourait ses muscles, s'extasiait de sa beauté, comme d'un paradis auquel elle n'avait jamais eu droit. Ils se retrouvèrent nus, sur le canapé, à découvrir avidement le corps de l'autre. Il posait des baisers légers sur son cou, ses seins, son ventre. Quand la langue de Vincent effleura son clitoris, elle ne put s'empêcher de laisser échapper un gémissement. Bientôt, elle clama sa jouissance, dans un abandon et une frénésie qui l'étonnaient, elle dont les partenaires s'étaient si peu souciés de son plaisir. Elle, dont les derniers rapports avaient été des viols. Mais tout ce passé sombre semblait anéanti, avalé dans un gouffre d'oubli. Le paroxysme lui arracha un cri et l'extase se calma peu à peu, comme un doux reflux, tandis qu'il nichait sa tête sur son ventre. Elle lui caressa tendrement les cheveux, et une nouvelle faim naquit en elle, celle d'être pénétrée par lui. Elle ondula, lascive, attirant le grand torse au-dessus d'elle, de ses petites mains. Comblée, elle accueillit son sexe, qu'elle sentait avec ravissement gonfler d'excitation. Il joignit ses gémissements aux siens jusqu'à ce que l'orgasme apaise enfin leurs ardeurs. Il la garda captive dans ses bras, le nez enfoui dans sa chevelure.

— Eh bien, finit-il par remarquer en riant, heureusement que ma sœur n'est pas encore rentrée !

— Il faudra essayer d'être plus discrets la prochaine fois ! Je ne me reconnais pas, je n'ai jamais été si expansive !

— Moi non plus ! Mais que je suis bête d'avoir perdu tout ce temps ! Si tu savais combien je brûlais de te prendre dans mes bras, de te toucher…

— À bien y réfléchir, j'apprécie tes scrupules et ta délicatesse. Et puis cette frustration a rendu notre désir plus fort.

Elle caressa doucement les bras qui la retenaient prisonnière.

— Qu'est-ce que je me sens bien contre toi !

— Moi aussi… mais que dirais-tu de dormir dans un vrai lit ?

— C'est une idée… Allons dans ma chambre, c'est plus confortable et je ne la partage pas.

Ils rassemblèrent leurs habits épars dans le salon et gagnèrent la chambre d'amis. Dans le grand lit moelleux, elle se lova de nouveau avec délices contre lui. Tant d'années sans savourer la douceur de ce contact charnel ! D'ailleurs l'avait-elle véritablement savouré ? Même au début de leur histoire, Fabrice Colin s'endormait souvent sans plus de manières, une fois son plaisir assouvi, et c'était elle qui venait mendier un peu de chaleur contre son corps inerte. Et ses quelques conquêtes précédentes ? Guère plus tendres...

— Tu sais... avoua-t-elle à voix basse, c'est tellement nouveau pour moi, tout ce bonheur... c'est un peu comme si c'était la première fois...

Il la serra plus étroitement contre lui, posant des baisers dans son cou, entre les boucles. Il songeait aux étreintes passionnées qu'il avait partagées avec Laetitia. C'était à peu près tout ce qu'ils partageaient, d'ailleurs. Mais, au fond, avaient-ils vraiment fait l'amour ? Là où il se donnait corps et âme, elle lui jouait un jeu savant et subtil, destiné à affoler ses sens, sans y mêler de réels sentiments. Le recul l'avait rendu lucide. Il comprenait à présent pourquoi ce qu'il venait de vivre avec Angélique, malgré sa relative inexpérience, l'avait comblé au-delà de toute attente, plus profondément que les feux passés de son ancienne relation. Angélique ne jouait pas, elle se livrait tout entière, avec tout le désespoir qui lui noyait encore le cœur et toute l'utopie d'un nouvel amour. Il n'avait aucun doute sur sa sincérité. Et cet élan véritable était plus érogène que toutes les positions recherchées d'un quelconque Kâmasûtra.

— Je n'avais jamais vécu cela non plus, renchérit-il, la gorge nouée. Je ne trouve pas les mots… Peut-être, tout simplement, faire l'amour par amour ; un amour réciproque.

Elle pivota, les yeux humides d'émotion, pour lui faire face. Dans la faible lumière de la lampe de chevet, elle aperçut les larmes qui perlaient aussi au bord de ses paupières. Elle alla chercher ses lèvres.

Plus tard, lorsque, épuisés, ils se laissaient enfin glisser vers le sommeil, elle se souvint qu'elle ne prenait plus la pilule depuis bientôt dix ans. Et si… « Ah, bah, on verra bien, eut-elle le temps de songer avant de sombrer, en tout cas cela ferait sûrement un beau bébé… »

Chapitre 17

Sandra glissa l'allumette sous le petit tas de branchettes, au fond du récipient métallique. Elle lança, faussement revendicatrice :

— Sortons de la société patriarcale traditionnelle : les hommes au barbecue et les femmes à la cuisine ! Pendant plus de cinq ans, je me suis occupée seule des grillades, je peux bien continuer !

Angélique sourit. À l'intérieur, leurs compagnons terminaient la préparation des salades tandis que les jeunes composaient les brochettes. Ce moment de solitude entre femmes était propice aux confidences. La Parisienne évoqua sa dernière conversation avec son avocat. Elle désirait une procédure rapide, ne réclamait aucune prestation compensatoire, refusait le divorce pour faute.

— Je souhaite cloisonner les deux procédures : exclure le plus vite possible cet individu de ma vie, sans lui donner l'occasion de faire appel. Le procès pour violences conjugales sera le lieu pour exiger des dommages et intérêts. Pour tout ce que j'ai enduré patiemment sans vraiment réaliser la gravité de ce que je subissais. Tout me revient maintenant peu à peu et cela me remplit de colère !

— Et tu as pleinement le droit d'être en colère ! Et tu as raison d'être en colère ! C'est cette colère qui te maintient debout… et l'amour de mon frère, conclut-elle avec un clin d'œil complice.

— Je crois que, tout au fond, je voudrais que mon ex me demande pardon, cela m'aiderait à me réparer, mais je sais que cela n'arrivera pas. Je ne sais même pas si le procès lui fera prendre conscience de ses actes. Pour l'instant, il se dit victime d'une cabale destinée à le ruiner… C'est vrai que le restaurant n'est pas florissant, entre la COVID et son arrestation. Ses parents ont pris le relais en attendant de trouver un autre chef cuisinier, mais les clients, au courant de l'affaire par les médias, boudent l'établissement, qui va sans doute bientôt faire faillite. Pauvre petit chou !

Elle se tut un instant, emplie de pensées révoltées et moroses. Mais elle les chassa bien vite :

— Mais je ne vais pas le laisser me gâcher ces bons moments !

Sandra versa le charbon de bois sur les braises des branchettes, puis entoura de son bras les épaules de son amie :

— Et tu as bien raison !

La soirée de fin août, douce et ensoleillée, se prêtait parfaitement à ce repas au jardin. La famille Monnier et ses invités profitaient des derniers jours de vacances. Romain repartirait deux jours plus tard à Lyon pour sa deuxième année de classe préparatoire. Pour tous, ce serait le début d'une nouvelle période d'intense activité.

Ils s'installèrent à table et dégustèrent joyeusement saucisses, brochettes, crudités et pommes de terre sautées. Il régnait néanmoins une étrange atmosphère, une attente fébrile. Des révélations flottaient sur les lèvres, prêtes à s'échapper.

Lorsque, rassasiés, ils marquèrent une pause avant le dessert, Sandra se lança la première :

— Je pense que c'est n'est un secret pour personne, mais bon, c'est plus clair en le disant : Aurélien et moi, nous nous aimons et projetons de vivre ensemble.

— Tu parles d'un scoop ! l'interrompit son fils.

— Pour l'instant, reprit l'enseignante, avec un sourire amusé, j'habiterai le plus souvent chez Aurélien, cela permettra à Vincent et Angélique de profiter de la maison en attendant de trouver un logement dans la région.

— Et moi, je serai en garde alternée chez tonton et chez maman ! précisa Emma en s'esclaffant.

— Ah, non ! protesta Vincent, tu as tout spoilé ! Que me reste-t-il à annoncer maintenant ? Angélique et moi souhaitons nous installer ensemble dans les Hautes-Alpes, car nous sommes amoureux nous aussi, mais Sandra a déjà tout raconté, ou presque.

— Tu parles d'un scoop ! répéta Romain, ce qui causa l'hilarité de toute l'assemblée.

— Moi, j'ai peut-être un scoop, dit Angélique de sa voix douce.

Tous se tournèrent vers elle, étonnés cette fois.

Elle se tut un instant, jouissant de son effet de surprise, mais aussi un peu anxieuse. Quelle idée d'avouer cela si tôt, trop tôt ! Mais le bonheur débordait, elle devait le laisser échapper.

— J'ai fait un test de grossesse cet après-midi et je suis enceinte !

Vincent resta un moment la bouche ouverte, interloqué. Puis, fou de joie, il entoura sa compagne de ses bras et la couvrit de baisers.

Chacun félicita le jeune couple chaleureusement. Un instant, Aurélien envia le futur père et songea qu'il n'était peut-être pas trop tard pour Sandra… Un instant, un instant seulement. Puis il songea à tous les sommets, les voyages, les randonnées à skis qu'ils pourraient faire ensemble…

Et ils se mirent à exposer leurs plans sur la comète : le diplôme d'accompagnatrice en montagne à préparer pour Sandra, leur reconversion prévue lorsque Emma quitterait le foyer pour ses études. Le chalet des Monnier transformé en maison d'hôtes pour séjours sportifs. Et, hors saison, des expéditions à la découverte des cimes du monde…

Vincent évoqua ses projets de création d'entreprise informatique, Angélique sa recherche de poste de bibliothécaire dans le département. Ce serait moins prestigieux qu'à la BNF, mais bien loin de Paris et de ses mauvais souvenirs. Et il lui resterait plus de temps pour pouponner, courir la montagne et, pourquoi pas, écrire un roman…

Emma et son frère se regardèrent, complices.

— Eh, bien ! remarqua celui-ci, frondeur, la COVID vous a réussi, à vous les vieux ! Vous débordez de projets et vous vous précipitez comme de grands gamins impatients ! À côté, nous avons l'air bien plan-plan, nous les jeunes !

Sandra faillit se vexer de l'impertinence de son fils, mais, au fond, il avait raison. Même s'il fallait porter un masque dans les magasins et à l'école, même si les restrictions dureraient, même si l'avenir était incertain, même si on n'était jamais sûr que le bonheur ne vole pas en éclat d'un jour à l'autre, sous une chute de pierres, une avalanche, ou rongé par la maladie, il restait encore tant de rêves à accomplir, tant de joies à vivre…

Comme elle se dirigeait vers la cuisine pour aller chercher le dessert, elle sentit les bras de ses enfants l'entourer. « Sois heureuse maman », lui chuchota Romain.

Remerciements

À Philippe, pour avoir fait surgir l'étincelle qui a généré ce roman, et pour ses conseils avisés.

À Rose-Marie et Michel, mes fidèles amis et bêta-lecteurs.